自棄《ヤケ》を起こした公爵令嬢は姿を晦《くら》まし自由を楽しむ

たつきめいこ

meiko tatsuki

TOブックス

contents

イラスト◆仁藤あかね　デザイン◆世古口敦志＋清水朝美（coil）

プロローグ　裏切り

「君が好きだ。ずっと側《そば》にいてほしい」

「嬉しい！　私もお慕いしております」

若い二人が手を取り合って愛を語らっているその後ろ姿を、私は通りがかりに見てしまった。

二人は学院にある庭園の端、人目を避けるかのようにひっそりと置かれたベンチに寄り添って座り、私に気付くことなく二人だけの世界を作り出している。

なんとお熱いことでしょうか。燃え上がるような二人の恋は、きっと誰もが祝福してくれることだろうと思います。……男性のお相手が隣の女性ではなく、婚約者である私であったならばのお話ですが。

まあここだけの話、私はなんとも思っておりません。だって彼との婚約は政略的な要素しかありませんもの。だから目の前の光景を見ても、側妃《そくひ》になさるおつもりなのね、としか思いませんでした。冷めていますね、私。

とはいえ、こんな場面に出くわすのもそう滅多にないことですし、面白いのでこのままこっそり覗《のぞ》いておりましょうか。

あ、自己紹介がまだでしたね。

わたくしの名は、マルティナ・レラ・レーネ。このグレンディア国の貴族、レーネ公爵家の令嬢です。王都ヴェルテにあるヴェンテルガルド学院の三年生ですが、明日には学院を卒業し、一か月後に目の前で私以外の女性と愛の言葉を交わし合っている婚約者と結婚する予定です、たぶん……一応……。

わたくしの婚約者は、クリストフォルフ・ヴェンデル・グレンディア王太子殿下。輝くような金色の髪に宝石の如くに透《す》き通る碧眼《へき》、眉目秀麗、文武両道、下々を思い遣る御心をお持ちで、更には次代の王としてみんなに期待され、欠点なんてないのではないかと思うような完璧なお方です。

殿下とわたくしは六歳の時に婚約をし、それから十一年のお付き合いになります。その間わたくしは血の滲《にじ》むような王妃教育を受け、未来の国母となるべく精進してまいりました。殿下もそんなわたくしに「将来は支えあって頑張ろう」と声をかけてくださり、時に励まし合い、ここまでやってきたのです。

ですが、何やら雲行きが怪しくなってまいりました。

「私、クリス様がお仕事の時もずっとお側にいたいです」

クリストフォルフ殿下の腕に自分のそれを絡めてしな垂れかかりながら口を開くのは、ユリアーナ・ハインミュラー子爵令嬢。腰まであるふわふわとしたハニーブロンドを結わえることなくそのまま下ろし、小花を模《かたど》ったピンでサイドの髪を留めていらっしゃいます。殿下を見つめる瞳は桃色がかった茶色でどことなく神秘的なのですが、花が綻《ほころ》ぶように微笑んでいらっしゃるため可愛らしさしか感じられません。発言からして頭の方はちょっと……ごめんなさい。フォローできないです。

「ユリアーナ……すまない、それだけはできない」

「クリス様、どうして……」

「私の仕事は執務室で行なうものだけではない。他国との外交、国内での慰問など人目のある仕事もそれなりにある。そういった仕事はこれから先も正妃となるマルティナとともに行なうつもりだ」

おや？　殿下は恋愛に夢中というわけでもなさそうですね。周りが見えなくなっているかと思いきや、一応この国の王太子という自覚はあるようです。

やはり殿下はハインミュラー子爵令嬢を側妃になさるおつもりなのでしょうか？

まあ、それならそれで私はよいのです。この国は、王族が側妃を持つのは認められておりますし、手順さえ間違えなければ私も容認しておりますので、殿下が望めばこの件は問題なく進むことでしょう。

ただし、現在少々怪しいところまできてしまっていますので、早々に軌道修正なさることを殿下に申し上げておきたいところですわね。

……と思っていたのですが、それは甘い考えだったようです。

婚約には響かないと判断し、私がこの場から立ち去ろうとした瞬間、突如彼女から発せられた言葉に我が耳を疑いました。

「ならば私を正妃にしてください。大丈夫です。私頑張ります！　ほかのみんなだって私が正妃になるべきだって言ってくれてるもの。クリス様は私のこと愛してくださってるのでしょう？　もしマルティナ様のことが心配でしたら私に策があります」

「ユリアーナ？　いったい何を……」

「うふふ、みんなが手伝ってくれるわ。クリス様もお手伝いしてくださるでしょう？　だってうまくいけば私とずっといられますもの」

「……」

「クリス様には内緒にしていたんですけど実は私、マルティナ様に階段から突き落とされそうになったんです」

「なっ！　それは本当なのかっ⁉」

「はい。宰相《さいしょう》子息のアンゼルム様もブルノー公爵家のカミル様もご存じです。目撃した人も証言してくれるって言ってます」

「目撃した者まで……ならば明日直接問い質さねばなるまい。階段から突き落とそうとするなど、度がすぎている。場合によっては然《しか》るべき措置も辞さない」

ヒュッと空気が喉《のど》に入り込み、音が鳴った。それはとても小さな音だったが、殿下の護衛の一人は気付いたようですっとこちらに振り返る。幸い殿下たちには気付かれていないようだ。

だがそれでもまずい。私の頭の中で頻《しき》りに警戒音が鳴り響く。のんきにお嬢様口調で二人の逢瀬を実況している場合ではない。このままだと何もしていないのに捕まってしまうかもしれないのだ。

そう、私は彼女を階段から突き落とそうとしたことなんて一度もない。どうして彼女がそんなことを言うのか、荒唐《こうとう》無稽《むけい》にも程がある。

でも、殿下はそんなことは知らない。だからこのまま彼女の言葉を信じてしまうことだってあり得る。

もしそうなったらどうなるか。きっと、私と殿下の関係は冷めたものになるだろう。理由などどうとでもなるため婚約破棄も容易《たやす》いはずだ。

ただそうは言っても、私自身殿下の婚約者、未来の国母という地位に固執はしていないので、婚約の破棄に異論はないし問題もない。問題があるとすればその先だ。殿下が目をかけているハインミュラー子爵令嬢の身を危険に曝《さら》したとして、下手をすれば幽閉、もしくは修道院行き、または国外追放のどれかがオプションとして付いてくる可能性がある。全く嬉しくない。

そんな状況なので、殿下の護衛に見つかった今の私は絶体絶命の危機であった。だが、不思議なことに護衛の騎士は私の方を見るなり、目を見開いて彫像のように固まってしまったのである。

けれど、さすがは殿下の護衛。すぐに我に返ったようで、いつもは無表情の顔を悲痛なものに変え、無言のまま私に『逃げろ』と微かな動きでジェスチャーしてきた。

彼の行動に一瞬驚いたものの、すぐさまこくりと首を縦に振り、人気《ひとけ》のない庭園の茂みから音を立てないようゆっくりと離れる。そして、ある程度距離を置き、それから必死に走った。


私は恋愛小説をこよなく愛する。残念なことに恋愛をしたことはないけれど、好んでよく読んでいたのは、下位貴族令嬢の成功物語だ。その中の名憎まれ役は、なんと言っても悪役令嬢だろう。

悪役令嬢は下の者を見下し、傲慢《ごうまん》で横柄で我儘《わがまま》で、とにかくプライドが山のように高い性格の持ち主、かつ上位貴族であることが多い。ヒロインを悉《ことごと》く苛《いじ》めぬき、罪まで犯してヒーローの婚約者の地位を守ろうとする人物だ。

　よくある苛めはヒロインの物を隠すとか池に捨てるとかで、ほかにも言葉による暴力、仲間外れなどがあり、更にエスカレートしてくるとそれこそ階段から突き落とす、という下手をすれば殺人となるような苛烈なものにまで発展する。そこをヒーローが助けてヒロインと愛を育み、悪役令嬢を糾弾《きゅうだん》し婚約破棄をして、ようやく二人は結ばれるのである。

　まあ、よくある話だ。小説として読む分には十分に楽しめる。けれど、それが実際に起きようとしているのだから頭が痛い。

　事実、クリストフォルフ殿下とハインミュラー子爵令嬢がここ数か月仲睦まじいことは、生徒たちの噂を聞いて知っていた。

　また、彼女は宰相子息やブルノー公爵子息たちとも懇意にしていた。それは私も聞き及んでいる。でも、実害がなかったので私は何もしなかった。それどころか、まるで恋愛小説みたいね、とのんきに構えていたのである。

　それというのも、殿下は聡明な人なので公私混同はしないと信じていたし、実際先程もそれを肯定するような発言をしていたからだ。されど、殿下の最後の言葉は彼女の言を是としていて……。

　とてもショックだった。

　私と殿下の間に恋愛感情はない。それは互いに知っている。だが、未来のこの国を背負って立つ身として、二人で国を更に良くしていこうと話し合い、認め合い、尊重し、何より信頼し合ってきた。それなのに裏切られた。信じてもらえなかった。それがすごく悔しい。

更に悲しいことに、私が悪役令嬢に位置付けられていた。私はハインミュラー子爵令嬢に対して何一つ行動を起こさなかったばかりか、話をしたことすらない。だから、私が彼女を階段から突き落とすところを見た者など絶対にいるわけがないのだ。

だが、今はそんなことどうでもいい。感傷にひたるのは逃げおおせたあとにいくらでもできる。

そう、私は逃げなくてはならない。状況を打破するために。

彼女の取り巻きの二人は、殿下以上に彼女に傾倒していると聞く。最近の彼らは特に目に余る行動をしているとの話も。

とはいえ、それだけならばなんとか目を瞑《つぶ》ることも（よくはないが）可能だ。だが、彼らにはないものもあるものとしてしまうだけの力がある。そして彼らの後ろには、彼女の話を半分以上信じている殿下がいる。このままだと私の否定など容易く握り潰され、圧倒的な力の前になす術もなくあっさりと断罪されてしまうだろう。だから私は策を練り、なんとしても断罪を回避しなければならない。

おそらく殿下たちは明日の卒業パーティーで大なり小なり事を起こすつもりだろう。その前に私は跡形なく消えるつもりだ。私の心証を限りなく白に近い状態にして。

鍛え抜かれた脚力で懸命に走る。

そうして庭園を抜け、人がそれなりにいる辺りにまで来てようやく歩き出したその時、校舎の角で人とぶつかった。迂闊《うかつ》だ。前を見ていたつもりで何を見ていたのか。公爵令嬢として完璧な淑女《しゅくじょ》であろうとしたのに何もかもがダメダメだ。……いや、走った時点でどうかとは思うがそこは置いておくとして。

勢いが強すぎて互いに尻もちをついてしまい、泣きっ面に蜂だと泣きそうになるのを必死に堪《こら》えながら立ち上がる。そして相手に手を差し出しつつ謝罪した。

「申し訳ありません。お怪我はありませんか？」

「大丈夫ですわ……ってティナ？　いったいどうしたの、そんな青い顔をして」

そこにいたのは一人の令嬢……令嬢？　うん、令嬢。

真っ直ぐに伸びたブルネットの長い髪には光の線が輪を描くように走っており、ガーネットのような深い赤の瞳には蠱惑《こわく》的な色が浮かんでいる。新雪を彷彿《ほうふつ》とさせる白い肌に映えるのは、薔薇のように赤い唇。その唇の左下あたりには黒子があり、妖しい色気をこれでもかと醸し出している。視線を下にずらせば、出るところは出て引っ込むところは引っ込んでいる完璧で魅惑的な姿態。その姿たるやまさに妖艶。それが侯爵令嬢、エミーリエ・パウラ・ローエンシュタイン。私の幼い頃からの親友だ。

彼女はいつ会っても色っぽく、女性である私まで中《あ》てられてしまう。

けしからん。実にけしか……羨ましい。

いや、しかし、私だってただ黙って見ていたわけではない。それはそれは頑張った。頑張ったのよ、私。そうして努力の結果私も彼女程ではないが、それなりのプロポーションを手に入れることができた。

……なんの話をしていたんだっけ？　ああ、そうだった。彼女の色気に中てられて逸《そ》れてしまったわ。

「大変なことになったわ、エミィ」

私はエミーリエの両手を取ると先程見聞きしてきたことをすべて話した。彼女はとある理由から信用に足る人物だし、味方は多いに限る。

そうして話をしていくうちにどんどん冷静さを取り戻し、やがて話をし終える頃にはすっかり気持ちが落ち着いていた。すると今度は呆れと、王子妃なんてやってられるか！　という怒りの感情が湧いてきた。

「なるほどね。それであなたはこれからどうするの、ティナ」

「ここまで虚仮《こけ》にされたのだもの、もうどうでもよくなったわ。元々国母も殿下も興味なかったし。でも冤罪はご免よ。とりあえず私は逃げ……隠れるわ。それでエミィに協力してもらえたらと思っているのだけれど」

「もちろんよ。だって面白そうですもの」

「……エミィ」

「ふふふ。冗談よ。そんなに睨《にら》まないで」

睨みたくもなる。こっちは人生がかかっているのだ。まあもっとも、エミーリエは昔から面白いか面白くないかが判断基準なので、何を言っても無駄なのだけれど。

ともあれ、気を取り直してエミーリエに今考えている策を話す。

「……てわけで向こうが行動を起こすのはおそらく明日の卒業パーティーだと思うの。殿下は一応冷静だったし、大勢の前で断罪なんて小説のような展開にはいくらなんでもならないとは思うけれど……もしそうなったらその時はエミィよろしくね。あ、でもいつもの癖《くせ》、出しちゃだめよ？」

「ええ、もちろんわかったわ。それより、あちらがどんな顔をするのか見ることができなくて残念ね、ティナ」

ころころと鈴を転がすように笑うエミーリエ。それを見ていたら何故だか急に嫌な予感がしてきた。

……大丈夫かしら？

一抹の不安が脳裏を過《よぎ》ったが、更に念を押したところできっとはぐらかされることだろう。

よって、これ以上は無駄だと判断し、エミーリエに別れの挨拶《あいさつ》をして急いでその場を去った。

……ああ、帰ってから忙しくなるわ。しなくてはならないことがたくさんあるもの。

頭の中で、やらなければならない事柄と、用意しなければならない物をピックアップし、学院の門へと向かう。

いつもならば周りを見る余裕くらいは残しておく私だが、あまりにも思案しすぎていたためにそれが抜け落ちていた。気が付けば私の目の前には迎えの馬車があり、私は少し驚きながらもその馬車に乗り込んだのだった。

公爵令嬢

グレンディア国の王城は、王都ヴェルテにある丘の上に聳《そび》え立っている。北側は崖になっており、高低差がかなりあるために、侵入しようとしてもおいそれと崖を登ることはできない。

その城から扇状に、貴族たちが社交シーズン中に滞在する邸宅が立ち並ぶ。邸はタウンハウスと呼ばれ、そのタウンハウスが立ち並ぶ一帯を総称してタウンハウス街と言う。そこは当然高級住宅地となっており、邸が城に近い程その規模が大きくなる。ゆえに、住み心地だったり、利便性だったり、あるいは見栄だったり、と理由はさまざまだが年中そこに住んでいる貴族も少なくない。

我がレーネ公爵家もタウンハウス街の北西の一画に邸を構えている。本邸は王都の西隣に位置するレーネ公爵領にあり、タウンハウス街からは半日もあれば辿り着ける距離だ。領地はお祖父様に任せているため、お父様は国王陛下の下《もと》で力を揮《ふる》っている。毎日日の下に隈を作り「朝早くから夜遅くまでこき使われている」とぼやきながら国のために尽くしているが、そのことは陛下には内緒である。

そんなお父様が当主を務める我がレーネ家は歴史ある公爵家だ。初代公爵はずっと昔の王弟殿下だった人物で、そこから幾度か王女を妻に迎えつつ今に至る。また、血筋も確かなので公爵家から王家に嫁いだ者も多い。かくいう私もその中の一人になるだろう。

そのあたりの系譜は王妃教育によりしっかりと頭に叩き込まれてある。あの先生は怒ると怖い。覚えていないと何をされるか……今思い出しても背筋が凍るわ……。

ともかく、そういったわけでレーネ公爵家と言えばこの国一の貴族とされている。国王への忠誠を固く誓っているため、王家からの信頼を得られているのも一因かもしれない。

そしてその忠誠ゆえであるのか、すぐに王城に上がれるよう王城に一番近く、周囲の中でも一際大きい区画がレーネ公爵家の敷地だ。庭がとても広く、小さいながらも森や小川があり、邸自体も大きいために使用人の数も数十人で足りるかどうか……。警備の者や護衛を含めると人数は何倍にも膨れ上がる。そのため、ある程度の使用人の名前は知っているものの、最近入っただとか私に関わることのない使用人たちの名前までは申し訳ないが覚えていない。使用人の入れ替わりがそれなりにあるので全員の名前を覚えていたらきりがない。それを全部覚えなさいと言われたら頭がどうにかなってしまいそうだ。

しかし、私はお妃教育の一環としてそれを——人の名と顔を覚えるための訓練を行なっていたことがある。むろん今は行なっていない。さっさと及第点がもらえるように必死で頑張ったからだ。

ああ、今思い返しても恐ろしい。

その時の記憶が蘇《よみがえ》り、体がぶるぶると震えた。それを頭の中から追い出そうと、頭をぶんぶんと左右に振る。

それでも気持ちが収まらない。ゆえにはしたないとは思いつつも、気持ちを切り替えるために「はぁ……」と一つため息を吐いた。現在馬車の中なので、ため息を吐く姿は誰にも見られていないだろう。

そう、私は学院から邸に帰る途中だった。

学院には寮があるけれど、頻繁に登城しなくてはならないこともあり、私は自宅から馬車で通学している。時間も十分程度なので不便さも感じていない。事実、先程学院を出て考え事をしていたらもう我が邸の門前だ。この早さを喜ぶべきなのか、それとも考える時間がないと悲しむべきなのか……。

馬車は公爵邸の門を抜け、更に進んで邸の前で停まる。

少しして、馭者が馬車の扉を開けて手を差し出してくれたので、その手を取って馬車から優雅に降りた。直後、玄関の扉がゆっくりと開いたため、私は躊躇《ためら》うことなくその扉をくぐり邸の中へと入る。

玄関ホールには、白くなった髪を後ろに流し専用の服を纏《まと》った執事のハンネスと、茶色の髪をひっつめて紺色のお仕着せを着た私の専属侍女のイルマが恭《うやうや》しく頭を下げて、私を出迎えてくれていた。

「お帰りなさいませ、お嬢様」

「ただいま、ハンネス。特に変わったことはなくて？」

「そうですね、今日は旦那様にお客様がいらしたことくらいでしょうか」

「ああ、ヨハン叔父様ね。まだ私を未来の辺境伯夫人にする夢は潰《つい》えていないのかしら？」

「はい。ご子息であるハルトヴィヒ様はそのお話に呆れていらっしゃいましたが、ヨハン様はまだ諦めていらっしゃらないご様子です」

「もう、叔父様ったら」

その光景を思い浮かべてつい苦笑する。

ヨハン叔父様はお母様の弟にあたる方で、クルネール辺境伯家のご当主だ。

クルネール領は国の北側に位置しており、軍事国家であるガルイア帝国に隣接している。それゆえ、帝国にある程度対抗し得るくらいの軍事力を有しており、この国の貴族たちから国内最強と言われ恐れられている。が、ヨハン叔父様は軍事に関することがなければ至って普通の御仁《ごじん》だ。いや、むしろ穏やかな性格すぎて実は双子なのではないかと思う時もある。

そんな叔父様が、お母様に鍛えられていた私を息子であるハルトヴィヒ兄様の婚約者に据えようと計画していたのは、私が殿下と婚約をするよりも前の話だ。けれど、その話がおおむね整いつつあった頃、突如王家が私を未来の国母に据えたいと強く望んでしまったがために、流れてしまった。

だが、叔父様はどうしても諦めきれなかったらしい。顔を合わせる度に私は叔父様に「婚約解消をして辺境伯夫人にならないか」と強く迫……勧められている。でも、私よりも三つ年上である従兄のハルトヴィヒ兄様には、父親であるヨハン叔父様みたいな執着は微塵もないらしく、私を実の妹のように可愛がってくれる。ありがたいことだ。

だから叔父様、婚約を解消しろ、だなんてとても不敬なのでいくら身内だけだとはいってもあまり口にしないでほしい。命大事に！

……と叔父様に言ったところで諦めないんだろうなぁ。

本当ならばクルネールも逃走先の候補地であったけれど、この調子だと「ならば息子《ハルト》の妻に！」

としつこく迫られることは想像に難《かた》くない。ゆえに、クルネールをさっさと候補地から外すことにした。

「ところでお母様は？」

「奥様は先程デュナー伯爵夫人のお茶会から戻られて、今はお部屋にて寛《くつろ》いでおいでです」

「そう、わかったわ。ならお母様にこのあとご指導賜《たまわ》りたいから時間をいただけないか聞いてきてもらえる？」

「かしこまりました」

ハンネスは一礼をするとその場からいなくなった。その行動の素早さと動きの美しさと言ったらない。さすがは公爵家の執事だ。

そんな彼への賛辞は程々に、側に控えていたイルマを従え、玄関ホールから二階にある自室に向かった。お母様の部屋も二階にあるので、ハンネスが返答を携えてくるのもすぐだろう。

部屋に戻るなり制服から動きやすいシャツとすらっとしたズボンに着替える。それから髪を後ろに一つに括り、愛用の剣を腰に佩《は》いた。

直後、ハンネスがお母様からの了承を得て戻ってきたため、急いで訓練室に向かう。

訓練室では王都の邸を守るために連れてきた公爵領の兵士たちが各々鍛錬していた。その中の一部の兵士たちが、入ってきた私を見るなり目を見開いて驚いたような表情を浮かべる。まあ、その反応も仕方がない。お母様に指導を受けているとはいえ、私はあまりほかの兵士たちの前で剣を振るうことはしてこなかったのだから。きっと、小さい頃の私を知る兵士でなければ、私が剣を握ることすら知らないだろう。

とりあえず訓練室を見回して、既に来ていた目的の人物に頭を下げる。

「遅れて申し訳ありません」

「いいえ、大丈夫ですよ。おかえりなさい」

潤沢を帯びた真っ直ぐな黒髪を後ろに一括りにして、兵士たちと同じ訓練着を身に纏っているのは私のお母様。背筋をピンと伸ばし凛《りん》とした佇《たたず》まいでこちらを見ている。

その白い顔《かんばせ》に映えて輝くのは緑色の瞳。風に揺れる草を彷彿とさせるその色は実に美しく、見る者を惹き付けてやまない。それをお母様自身も十分にわかっていて、社交界で大いに活用し名を馳《は》せているため、お母様はほかの貴族たちから『黒薔薇の華』と呼ばれている。もちろんそれだけで勝ち得た称号ではない。日々の努力を怠らず聞き役、話し役のなんたるかもしっかり学んだうえでコミュニケーションへと生かしているし、身だしなみのために自分自身を美しく磨くことも忘れない。ファッションセンスは生まれ持ってのものらしいが、それ以外は精進を重ねての今であり、ほかの貴族の女性たちからは一目置かれている。あの王妃様でさえお母様を認めており、彼女の右に出るものがないと言わしめているのは私の自慢だし憧れだ。

お母様は壁際に用意されていた模擬剣を手に取ると、数回軽い素振りをする。そしてこちらに振り返り、私に目配せをして部屋の中央へと歩き出した。私もそのあとに続く。

「ティナ、あなたは自分の剣を使いなさい。私はこちらの模擬剣でいきます」

「でも、……はい」

お母様の使用する剣は、殺傷能力のない先が丸くなった練習用の剣だ。対して、私が使用するように言われたのは、正真正銘の剣である。躊躇いがないと言えば嘘になるが、お母様の剣の腕は確かであり、私では到底敵わないのは身をもって知っている。よって、私がどうこうできるものでもないと思い直し素直に頷《うなず》くことにした。

「「お願いします」」

お母様と向かい合うと頭を下げ、剣を構える。いろんな型の中でも正眼が戦いやすく、つい正眼に構えてしまう。

一方のお母様はただ切っ先を下に向けたまま微動だにしない。私を侮《あなど》っているわけではなく、本当に強いがゆえの構えなのだ。さすが女性でも剣を握る辺境伯家の出だけはある。

「やぁっ！」

意を決し、地を蹴ってお母様の懐《ふところ》へと狙いを定める。が、すんでのところでお母様に躱《かわ》され、反対に逆袈裟《けさ》斬りをされたのでそれを後方に跳んで避ける。するとすぐにお母様が剣筋を辿るように袈裟斬りを繰り出してきたため、それを私がギリギリのところで身を捩《よじ》って躱す。お母様はそのまま流れるように横一文字に剣を薙《な》ぎ払い、更に私が後ろに飛び退くのを見越して私の間合いへと入り込み、上から剣を振り下ろす。私は慌てて軌道を修正すると、お母様の剣を辛うじて避け、そこから攻撃に転じた。

お母様の攻撃の速さは脱帽ものだ。私は負けじ魂を発揮して、その速度に食らいつきながらなんとか隙を窺《うかが》う。だが、上、横、袈裟、突き、と多種多様な攻撃の中で一向に隙が見えてこない。

模擬剣というハンディキャップをもってしても縮まらない技量の差。それに加えて、私のどこが甘いのかを攻撃によって指導してくるのだからもう笑うしかない。私ができることと言えば全力でお母様に挑み指導されることくらいなので、体力が尽きぬ限り剣を振るうことにした。もしかしたら勝機が見えるかもしれないし。ありえないけど万が一、億が一にもね……結局なかったけれど。

そうして十分近くが経った頃、あっさりと勝敗が決した。私の体力がなくなり動きが鈍くなったところでお母様から強烈な一撃を放たれたのだ。

剣は私の手から離れて、くるくると円を描きながら後方へと飛んで行く。そして床に落ちると数回程甲高い音を立てて、やがて完全に動きを止めた。

「……負けました」

肩を上下させ、全身で荒い呼吸を繰り返しながらお母様を見る。お母様は、多少呼吸が乱れていたものの、それをものともしないような涼しい顔でこちらを見ていた。

「ティナ、無駄な動きが多々あります、注意なさい。それと総体的にもう少し体力をつけなさい。それでは政務ですら乗りきれませんよ」

「はい、お母様。だいぶ力をつけてきたつもりでしたのに、やはりお母様には遠く及びませんわ」

「あなたには魔法があるでしょう。魔法を放てる者が剣のみで戦うことなんて命の取り合いのない手合わせくらいですよ」

お母様の言葉にこくりと頷く。

そう、この世界には魔法というものが存在する。魔力と呼ばれる見えない力。それを持つ者だけが使える術、それが魔法だ。そして、魔法を使用する者を魔術師と呼ぶ。

現在魔術師の数はとても少なく、王族を始め上位貴族に多く見られる。それは昔、魔術師の流出を避けるために当時の国王が魔術師の優遇政策を施したからだ。だが、今でも時折庶民の中から魔力持ちが生まれてくる事象が報告されている。そういった者は当時の施政に倣《なら》い、魔法騎士または魔術機関の研究員として国に好条件、厚遇で乞《こ》われ、功績如何によっては爵位が授けられる場合もある。魔術師はそれ程に貴重な存在で、戦争ともなると魔術師の数で勝敗が決することもあるのだ。

ちなみに、お母様は魔法が使えない、根っからの武人だ。お母様は辺境伯家の長女として幼い頃よりずっと剣を握り締めてきたそうで、驕《おご》ることもせず、ただ偏《ひとえ》に己の限界に挑み続けて自身を鍛え抜いてきたらしい。それというのも、隣国からの脅威を日々感じながら育ったからなのだとか。

そのため、お母様は結婚せずにクルネールの剣としてずっと領地に留まるつもりでいたらしい。

……というのは建前で、なんでも結婚相手の条件が『クルネールを守れる強さを持った、自分よりも強い人』だったからだとかなんとか。でも現実は非情で、お母様よりも強い人などいなかった。だから結婚を諦めて独身を貫こうとしたのだそうだ（ヨハン叔父様談）。

だがそこに例外が現れた。マティアス・ノア・レーネ。私のお父様だ。お父様は我がレーネ家の歴史の中でも一、二位を誇ると言われる程の魔術師で、剣の腕はからきしだめだが、類い稀なる魔法の才をもってして、お母様を難なく打ち負かしたのだと聞いている。

そしてお父様程ではないけれど、お父様のように高魔力を持って生まれたのがこの私だ。お母様直伝の剣術も合わせれば、それなりに戦えるご令嬢の完成である。

なお、お兄様も高魔力を持っているけれど、本人は魔法を放つより魔術機関の研究員として日々研究する方が性に合っているようで、放っておくと寝食を忘れて発明に明け暮れてしまう。そんな研究一筋なお兄様ゆえ剣の腕は人並みといったところだ。「運動楽しいのに」とお兄様に言ったら、きっと「お前は脳筋だからな」って一蹴されるので絶対に言わない。私だってちゃんとお妃教育の傍ら殿下の政務を手伝ってきたのに。

それはともかく、私は魔法が使えるのでお母様と本気で手合わせをすればどちらが勝つかわからない。それこそ戦があれば私は、私の得意な爆撃魔法を放って剣を交えることなく相手を屠《ほふ》るだろう。

だが、私は剣術も好きだ。あの剣と剣が交わる瞬間の高揚感が堪《たま》らない。それなのにここ最近政務、教育、政務、教育、時折学校、とただひたすら部屋に閉じこもってばかりで、正直辟易《へきえき》していた。そのため、そのストレスを発散する目的も兼ねて今日お母様に手合わせをお願いしたのだ。そして改めて実感。すごく楽しかった。もっと体を動かしたい。

私は政務ばかりでにこやかに笑っているだけの国母になんてなりたくない。そもそも端から王太子妃、つまり未来の国母になんてなりたいとも思っていなかった。希《こいねが》われたから殿下の婚約者となったのだ。そんなものなりたい人がなればいい。甘い考えだと笑われても構わない。私はただ、お父様やお母様のように誰かと愛し合い笑い合える夫婦になりたかっただけなのだ。

だから私は逃げる。冤罪を回避するのは当然だが、できれば幸せな未来をこの手で掴むために。

と、大袈裟に表現してみたけれど、実のところ私の中でクリストフォルフ殿下を信じられなくなったのが逃げる一番の要因だ。ただでさえ恋愛感情が全くないのに、信頼関係まで崩れてしまったら、この先死ぬまで生き地獄だ。だったら逃げ出したって強くは言われないと思う。……たぶん。

と、とにかく、殿下たちが事を起こせば陛下と王妃様の耳に入るはず。むしろ既に把握していてもおかしくはない。ということは、公爵家が婚約の破棄を王家に申し出たとしても否やは唱えられないはずだ。

ただしそれまでの間、罪を擦り付けられないようにする必要がある。冤罪まで起こしてしまったら、クリストフォルフ殿下の立場が危うくなってしまうからだ。いくら恋愛面で心が通じ合っていないといっても殿下とは幼い頃からの付き合いだ。家族のような愛情はそれなりにあるため、殿下が困らないように多少の配慮くらいはしてあげたい。

ゆえに、不穏分子を勢い付けて、殿下……いや、国を危険に曝すことのないよう私は身を隠す。

今の私は重要ではあるが必要ではないのだ。

とはいえ、身を隠すとなるとそれがたとえ殿下のためだとしても、こちらにも非があるとみなされて公爵家側からの婚約破棄が難しくなる。でも、それも覚悟のうえ。

……ごめんなさい、お母様。

「ご指導ありがとうございました」

いろいろな思いを込めてお母様に頭を下げ、それからお母様とともに訓練室を出る。

すると、今まで静かだった兵士たちが「うおー！　すげー！」だとか「感動した！　お嬢様ぁー！」とかと叫び出し、しまいにはなんだかよくわからない雄叫びが邸中にこだましたのだった。

兄と腕輪と変装と

訓練室を出て二階に上がったところでお母様と軽く挨拶を交わし、お母様は左に、私は右に別れる。それに伴い、それぞれの侍女たちも左右に分かれて自分の主の後ろにつく。

私の専属侍女のイルマに「このあと湯あみをしたい」と告げると「すぐに準備に取りかかりますのでこちらで失礼します」と言って彼女がその場を去っていった。

足早に去っていく彼女の後ろ姿を見送ると、一人自室に向かう。すると私の部屋の前で、今まさに扉をノックしようとしている男性の姿が見えた。

その人物に迷わず声をかける。

「まあ。どうなさったのですか、お兄様。随分と早いお帰りですわね？」

「随分な言いようだね。まるで私が毎日遅いみたいじゃないか」

「あら、事実ではなくて？　お会いできる日の方が少ないですわよ。それはともかく、おかえりなさいませ、お兄様」

「ただいま、ティナ」

そう言って微笑むのは私のお兄様、ルートヴィヒ・ザシャ・レーネ。

お母様の御髪《おぐし》のように潤沢を帯びる癖のないプラチナブロンドを短く整え、女神の恩寵を受けたかのような新緑の瞳が自身の意思を持って力強く輝く。美麗な線を描く鼻梁《びりょう》と、形のよい桜色の唇、そしてきりっとした眉を持ち、それらがバランスよく配置されたお父様似の麗しい顔は、道行く人が皆振り返る程の美しさだ。更に、身長もそれなりに高く、程よく筋肉も付いていて手足も長い……ってどれだけ羨望の的になれば気が済むの？

お兄様は次期公爵であるにもかかわらず、いまだに婚約者も恋人もいない。ゆえに、年頃のご令嬢たちに大人気だ。年齢は私の三つ上で二十歳。従兄のハルトヴィヒ兄様と同い年だ。もちろん兄妹仲は良く、お兄様が私を可愛がってくれているのは言うまでもない。

ただ、学院を三年前に卒業してからは、ずっと魔術機関の研究員として研究室に入り浸りで帰宅も遅く、ここ最近では顔を合わせることも少なかった。そんな研究一筋であるお兄様がお休みでもない今、私の目の前にいることが俄《にわ》かには信じられない。

とりあえずお兄様を部屋に招き入れ、ソファに座るように勧める。しかしお兄様は、すぐ終わるからと言って部屋に入るなり話し始めてしまった。

「ティナは明日卒業だろう？　だからティナにプレゼントを用意したんだ。ちょっと早いけどすぐに渡したくて。手を出してくれないか？」

「卒業証明をいただいてまいりましたので、実質今日が卒業みたいなものですけれどね。手を出せばよろしいのですか？」

「ああ。シンプルなデザインで申し訳ないけど」

「……腕輪？」

お兄様が懐から何かを取り出したかと思ったら、差し出した手を即座に掴まれて、細めでシンプルな腕輪を嵌《は》められた。鈍い銀色で光沢もない。手首を目線まで上げてじっくり見るが、なんの変哲もないただの腕輪である。

それがかえって不思議でならない。だってお兄様なら宝石を鏤《ちりば》め、緻密な細工を施した腕輪を用意していてもおかしくないのに、この腕輪は全く飾り気のない、良く言えばシンプル、率直に言ってしまえば地味な代物だったのだから。

それを疑問に思いわずかに首を傾げてお兄様を見ると、お兄様は私の意図を理解したのか、苦笑しながら説明してくれた。

「それは少量だけど魔力を補ってくれる腕輪だよ。私の魔力を込めてある。まだまだ試作段階だけど、ようやくまともなものができたんだ。だからティナに使ってもらおうと思って。ティナは広範囲の爆撃魔法を得意としているだろう？　この先、爆撃魔法を放つことがあって、更にティナの魔力が少なくなった時にきっと役に立ってくれるはずだ。私とティナの魔力の質はほぼ同じだから反発し合うこともないはずだしね。まあ、そんなこと起きないに越したことはないのだけれど」

その言葉に、私はにこにことした笑みを浮かべたまま、ぴしりと固まった。

……今、魔力を補うって言わなかった？　言ったよね⁉　私のことを思ってプレゼントしてくださったのは嬉しいけれど、この腕輪めちゃくちゃ凄い物じゃない？　というか、かなりまずいんじゃ……。

いくら実験段階とはいえ、魔力を他人に分け与えるなどという芸当を、いったいどれだけの人が人生を捧げて研究してきたとお兄様は思っているのか。今まで成し得なかった『魔力を分け与える』という術が確立されてしまったら、魔力を持っていない人でも簡単に魔法を放ててしまうし、魔力持ちであるがために得られていた特権とか利益とかが有耶無耶になってしまう。そういった人が出てくれば国どころか世界中で大混乱は免れない。

それゆえにタブーとされているジャンルではあるのだけれど、何故か公に禁止されているというわけでもない。とはいえ、そんな研究をしています、と公表してしまうと即座に命を狙われるので、他言しないのが得策だろう。それくらい凄い研究なのだが——

……そんな凄い物を妹にぽーんとあげちゃっていいのですか？　くれると言うのなら、もらっちゃいますよ？

「お兄様……ありがとうございます。肌身離さず大切にいたしますね（いろんな意味で）」

「ああ、そうしてくれると嬉しいよ。ついでに着用した感想とかももらえると嬉しいんだけど」

「やっぱりそういう魂胆だったのね。お兄様ったら！」

「ごめん、ごめん、冗談だよ。卒業おめでとう、ティナ」

お兄様の言葉に先程とは違う、心からの笑みがこぼれる。

「ふふ、ありがとうございます。…………ってそうじゃなくて！　お兄様、これを公にしたら世界中が大混乱に陥りますわ」

危ない。絆《ほだ》されるところだった。

「はは、そんなことしないよ。だってこれはあくまで私の趣味だからね。他人に見せびらかしたりしないさ。納得のいくものが完成したら発表しないで資料は全部破棄するよ」

「……」

ああ、そうだった。これがお兄様だ。興味があればとことん突き詰めるけれど、それを自己の利としない正真正銘の研究者。ゆえに、小さい頃からよくお兄様の実験に付き合わされていたっけ。

……主に被験者として。

……あれ？　でもちょっと待って。もしかしてこの腕輪を身に付けることによって私も研究に手を貸してしまったとならないかしら？　腕輪の存在が明らかになったら私も命狙われちゃうとか？　やーめーてー！　ただでさえ今人生の危機に直面しているというのにそんなのいやよ！　こうなったら誰にも知られることのないよう、腕輪の存在をひた隠しにしなくては。じゃないと命がいくつあっても足りないわ。ただまあ、誰かに知られることはしばらくの間ないと思うけれど。

そんなことを考えながら改めて腕輪を見る。腕輪はあまりにも簡素すぎて、見た目からは凄い物だという実感が今一つ湧き上がらなかった。

その後、お礼も兼ねてお茶はどうかとお兄様を誘ったのだけれど、お兄様は部屋に籠《こも》ってアイディアを纏めたいと早々に部屋を去っていった。そんな研究バカ……もとい研究一筋のお兄様が、とんでもない代物だということは置いておくにしても、私にプレゼントを考えてくれていたことと、プレゼントを渡すために早く帰宅してくれたことが何よりも嬉しかった。今会えなければ、しばらく会うことはかなわなかっただろうから。

今夜夕食時に私がいなくなっていると気付いた時、お兄様はいったいどんな表情を浮かべるだろうか。想像もつかない。ただ、すぐに私の捜索に当たるのは容易に想像できる。だから、家出の発覚を遅らせるために置手紙はしないつもりだ。その代わり、明日の朝に真実がわかる手筈になっている。

でも、ふと思う。それはきっと私以外の人にとってはとても酷なことなのではないのかと。そう思ったら罪悪感が湧いてきた。けれど、ほかに方法が見つからない。私はこれで本当にいいのだろうか……。ううん、今更引き返せない。

お兄様と入れ違うようにイルマが大量のお湯とともにやってきた。よって湯に入り、髪を洗い、お母様との手合わせによってかいた汗を流す。すると、心身ともにさっぱりして気分がよくなった。このままベッドに入って眠ってしまいたくなるが、髪も乾かさずに寝てしまえば風邪をひいてしまうし、イルマが目くじらを立てるので我慢である。

バスローブを着て浴室をあとにすると、イルマが待っていましたとばかりに、香油をこれでもかという程髪に付けて手入れをしてくれた。

「ありがとうイルマ。あとは一人でできるから夕食の時間まで下がっていていいわ」

「何かお飲み物でもお持ちしますか？」

「いいえ、結構よ。少し休みます」

「……お嬢様、私に何か隠し事をなさっておいでではないですか？」

うぐっ、鋭い。さすがイルマだわ。

でもまさか今日あったことを包み隠さず話すわけにはいかないし、だからといってこれから家を出ると告げるわけにもいかないし……。なんてごまかせばいいかしら。ええい、ままよ！

「隠し事なんてしてないわ。ただ、明日で卒業だと思うとこれから先のことがちらついてしまって落ち着かないのよ」

「……そうでございましたか」

「それよりイルマ、今日は随分と他人行儀じゃないの。あなたの方こそ何か隠してないでしょうね？」

「と、とんでもないです！　ティナ様、私は侍女です。そろそろ自分の立場をはっきりさせないといけないと思ったのです」

「ならその必要はないわ。あなたは今まで通りでいいの。私がいいって言うんだから変えちゃだめよ？」

「ありがとうございます。それでは私は下がらせていただきますが、何かございましたらすぐにお呼びくださいね」

「ええ、ありがとう」

苦しい言い訳かなと思ったけれど意外となんとかなったようだ。イルマはそれ以上不審がることもせず一礼をして部屋を出ていった。

「……さて、と。行ったようね」

イルマが部屋から遠ざかったのを確認して寝室に向かう。そして、寝室の奥にあるクローゼットからとある服と一振りの剣を取り出す。剣は鏡台に立てかけておくとして、まずは着替えだ。

少しよれた生成りのシャツに、庶民が普段使いとして好みそうなやや緑みがかった濃い茶色のベスト、それから体のラインがわからないよう誂《あつら》えた、青みを帯びた濃い鉛色のスラックス。それらを身に纏い、シンプルで男性らしいデザインの薄茶色のブーツを履く。そのブーツの中にスラックスの裾を入れて、折り返しの裏地が深緑色の、仄かに黄色みがかった白のコートを羽織る。

なお、努力して理想の大きさにした胸は必要ないので、服を着る前に布をしっかりと巻き付けて平らにしておいた。いつものことなので抜かりはない。

次に、ゆるく波打つプラチナブロンドを後ろに一つに括り、三つ編みをして再び紐で括る。

鏡台の引き出しから短刀を取り出して、髪がバラバラにならないよう結び目に留意し、頭に近い部分に刃《は》を当てて一思いにっ！

――ザク、ブツッ！

サイドの髪がぱらりと顔にかかるが、三つ編みは解けずに手元に残った。うまくいったようだ。

……さあ、これであと戻りはできない。

仕上げに、特殊な染料で髪を琥珀《こはく》色に染める。

腰まであったプラチナブロンドはもう全く元の色や形を留めてはいなかった。そこにあるのは無造作に切られた癖のある琥珀色の髪だけだ。あと、お父様譲りの透き通るアメジストの瞳と、お母様似のキッとつり上がった大きな諸目。それと、自分で言うのもなんだが無駄に整った容貌もある……が、本当に自分で言っておいて恥ずかしいのでこれ以上は触れないでおこう。

とりあえず時間が惜しいので、さっさと荷物の準備に取りかかることにする。

まず肩掛けの大きな鞄に、以前魔物退治で稼いだお金をありったけ入れ、必要なアイテムをすべて詰め込み、切った髪も証拠隠滅を兼ねて詰める。

最後にブーツと同じ色合いの革の手袋を嵌め、鏡台の前に立てかけていた剣を腰のベルトに佩く。剣はお母様と手合わせをした時の装飾が施された女性らしいものではない。それとは別の、実用的で飾り気のない男性が好みそうなデザインだ。もちろん鞘《さや》も男性用として特別に誂えた代物だ。お妃教育などで溜まった日頃の鬱憤を晴らすために、冒険者ギルドに通うようになった三年前より愛用している。まあ要するに、その時からこのような少年らしい格好をしているというわけだ。『月の妖精』をするよりも少年を演じている方が素の私に近いので気が楽なのである。

「それじゃ、行きますか！」

支度を終えて気合いを入れると、部屋の扉をそっと開けて廊下の様子を窺う。……誰もいなそうだ。

今度はすっと顔を出し、誰もいないのを再度確認してから急いで部屋を飛び出す。そのまま家の者に見つからないように気配を殺しつつ、全神経を集中させ索敵——敵ではないけれど——をしながら早歩きで階段まで行く。そして、一気に階段を駆《か》け下りて物陰に隠れる。

折しも二階の執務室の扉が開かれ、中から執事のハンネスが姿を現した。彼が階段を下りてくるのを、息を殺してやり過ごす。幸い彼は私に気付くことなく、そのまま一階にある執事室に消えていった。

ゆっくり、けれど深く息を吐き出す。

……危なかった。ハンネスに見つかったら計画が水の泡だった……。

気持ちを切り替えて、再び目的地に向かう。調理場や洗濯室、その他諸々家事動線が揃っている一画に使用人用の通用口がある。今の時間は夕食の支度で調理場が戦場と化しているだろうが、ほかの使用人は休憩部屋で休んでいる時間だ。それを利用し、調理場の扉の前を一瞬で駆け抜け通用口から外に出る。これで第一段階クリア。

第二段階は、広大で警備の行き届いたこの敷地から外に出ること。

私は公爵令嬢だからお忍びの時であっても堂々と表門から出る。紋章のない質素な馬車に乗っていたとしても、少年のような格好をしていたとしても、だ。けれど、今日はお忍びではない。言ってしまえば家出だ。だから誰にも見つかってはいけない。

配置されている警備兵の数は既に把握済み。周りを見回し誰も気付いていないのを確認してから、邸の外壁まで一気に駆け抜け、膝丈くらいの茂みに身を隠す。そっと耳を欹《そばだ》てれば、近くの警備兵数人の会話が聞こえてきた。

「おい、さっきの話本当か？」

「ああ、お嬢様が剣を持って奥様と手合わせしたってやつか？」

「俺、それ見てきたぞ！　もう感動したわ」

「感動？　何故感動なんだ？」

「奥様の剣技が素晴らしいのは知っていたが、お嬢様がその奥様とそれなりにやり合ったんだよ。その速さと技術と言ったら……」

「えー、俺も見たかったなぁ」

「んで結局どちらが勝ったんだ？」

「それがな……」

…………。ちょっと警備兵！　仕事しなさいよ！

ちらっと顔を出して様子を窺えば、辺りに気を配ることもなく兵士が会話に花を咲かせている。その話の内容が先程の私とお母様の手合わせだというのだから、恥ずかしいにも程があるが、そのおかげで警備の隙が衝《つ》けたのだ。本来なら喜ぶべきだろう。……私としてはなんとも複雑な気分だけれど……。まあ、いいわ。次に行きましょう。

気を取り直して目の前の外壁に手をかける。壁には凹凸《おうとつ》があるので指をかけやすい。そのまま指先に力を込めて体を浮かせると、音を立てずに懸垂の要領で壁を乗り越える。話し込んでいる警備兵の目を盗んで壁を乗り越えるのは造作ないことだった。

すとっと外壁の外側に下り立ち、もう一度辺りを見回して誰にも見られていないことを確認する。例の兵士たちは今も話に夢中のようだ。あとは、いかにも関係ありませんよ？　な体《てい》でその場を去るだけである。

こうして私は、十五分足らずで無事邸を抜け出した。

このあとは誰かに見つかる前にできるだけ遠くへ行かなくてはならない。そう考え、足早にその場を離れる。だが何故か後ろ髪を引かれ、一度だけ振り返って遠くにある邸を見た。

……こんなことをして怒られることくらい百も承知だけれど……というかお父様はきっと私の髪

を見たら卒倒なさるわね。でも何もせずに学院で断罪されて、そのまま公爵家から勘当コースよりははるかにマシよ。まあ、お父様なら私を守ってくれるでしょうけれど、それだと話がややこしくなりそうだし、そうならないように家を出たのだもの、これできっとよかったのよ。でも――

「ごめんなさい、お父様、お母様、お兄様……行ってきます」

私は真っすぐ前を向くと、気を引き締め直して庶民街に足を向けたのだった。

冒険者ギルド

タウンハウスが立ち並ぶ地区を南下すると、タウンハウスよりもはるかに小さく、慎ましやかな家々が見えてきた。庶民街だ。だが庶民街に用はないのでそこをてくてくと通り過ぎ、更に南下する。邸を出てから四十分余り。そろそろ馬車が恋しくなってきた。

ああ、楽したい……！

でも初っ端からこれでは先が思いやられる。それに、あまり人目に触れたくないから、現在人気《ひとけ》のない場所を歩いているのだ。残念ながら乗合馬車は諦めるしかない。

近くの大通りで乗合馬車が走っているのを恨めしい思いで眺めつつ足を動かす。

しかし、それも目的地に辿り着いたためようやく終わりを迎えた。……最終目的地はここじゃないけれどね。

そこは先程の庶民街よりも賑やかな一画だった。それもそのはず。ここは商店や工房が集まる地区——職人街なのだから。

職人街には貴族御用達のお店などが立ち並ぶ区画もあるが、私がいる場所はそことは違い、がやがやとした騒々しさがある。だからといってそこまで不快ではない。

夕食の買い出しをするためか、あちらこちらのお店に人の姿が見え、そんな人たちに向かって声を張り上げ、接客や集客をしている店主がいる。商魂逞しいものだ。

その人たちを後目に、目的の場所に向かう。

明日で卒業ということもあり、今日は授業らしい授業がなくお昼過ぎには皆帰路についていた。私も、お妃教育や誰かとのお茶会もなく、例のあの出来事があったこともあり、寄り道せずに帰宅していた。そのためお母様と手合わせをし、湯あみをしたといってもいまだに日は傾いていない。

「……ここね？」

ようやく目当てのお店に着き、お店の前で中の様子を窺う。ちょうど客が出てきたところだった。

「ありがとうございました！　……おや、お客さんいらっしゃい、見かけない顔だね」

客を見送ったあと、入り口で突っ立っている私に気付いたようで店主が声をかけてきた。

「ええ、たまたま王都に来たんですよ。魔物との戦いで距離を見誤ってね、ここだけバッサリいっちゃったんだ。整えてもらいたいんですけどいいですか？」

「もちろん。それが仕事だからね。さ、中へどうぞお客さん」

店主に促されるまま中に入る。

店内は生活感があり壁や柱が少し痛んではいるものの、隅々まで掃除が行き届いていて不快な感じは全くなかった。中央よりもやや壁側に椅子が三脚程置いてあり、そのうちの二つに客とみられる男性が座り、その客の後ろの方に従業員が一人立っている。

店主に空いている席に案内され荷物を預けて座ると、即座に従業員が椅子にかけられていた布を私の首に巻いてきた。店主は既に鋏を手にしていて、カットする気満々である。

一瞬、ほかの客が先ではないだろうかと疑問に思ったのだが、よくよく耳を傾けるともう既にカットは終わり、今はただ雑談しているだけのようなので、遠慮なく店主に髪を整えてもらうことにした。

「綺麗な髪ですね、全く傷んでいないですよ。まるで毎日手入れしているような……」

「髪どころか兄ちゃん自体綺麗な顔してるじゃないか。お貴族様だったりするのかい？」

「まさか。ただの冒険者ですよ」

「そうなのか？　冒険者にしておくにはもったいないねぇな」

店主が髪に言及すると、隣で喋っていた中年のおじさん二人が会話に交じってきた。それを適当に笑ってあしらう。やはり貴族らしさはごまかしきれていないようだ。ただ、性別まではばれていないようである。よって、たわいない話にさりげなく誘導し、その間に髪を整えてもらった。

……わぁ……本当に男の子だわ。誰も私だって気付かないだろうなぁ……。

鏡を見た第一印象はそれだった。後ろは襟足に届くかどうかくらいの長さで、首元が少し涼しく感じる。癖のある髪は、短くしたことにより重みがなくなりあちこち跳ねてしまっているものの、みっともなさは微塵も感じられない。むしろわざわざ跳ねるように整えたみたいだ。

……うん、短くするのも悪くない。庶民や騎士の女性には短い人もいるし、このまま短くしていようかしら……。でも、貴族社会では奇異の目で見られるだろうから無理だろうなぁ。

この世界のほとんどの国では、貴族女性は髪を伸ばすのが一般的だ。貴族女性が髪を短くするのは罪人に堕ちた時であり、普通ならば短くするなんて絶対にありえないことなのだ。

そう、本来ならありえないことなのだが、私は殿下に見つかりたくなくてあえて髪を切った。殿下に見つかれば否が応でもハインミュラー子爵令嬢の話になるだろうし、そこで万が一にでも冤罪が発生してしまったら、せっかくの苦労が水の泡だ。

それに、私が逃げ続ければ今度は王家側からの婚約破棄――いや、殿下も悪いので婚約解消が妥当かな――に持っていけるかもしれない。正直、殿下と一生をともにするのはもう無理だ。

そういった諸々の事情もあり、私は殿下から逃げるためにこうして髪を切った。けれど、これからは少しずつ伸ばそうと思う。逃げるとはいっても冤罪回避（あわよくば婚約解消）のためであり、かつ殿下が不利にならないよう隠れただけだ。今の状態に思うところはあるものの、貴族としての役目をすべて放棄したわけではない。よって、事が好転してほとぼりが冷めたらあの世界に戻るつもりだ。

「お客さん、気に入らなかったかい？」

「え？　あ、そんなことないです。いくらですか？」

店主に支払いを済ませ、鞄を受け取ると礼を述べてお店を出る。上を見ればまだ高い位置にあった日が少しずつ傾いてきていた。

……それ程時間は経っていないけど、少し急ごうかな。最終目的地はここからそう遠くないから日が暮れる前にはなんとか辿り着くと思うし。

そう考え、足早に歩き始めた。

不自然な髪型ではなくなったため、今度は堂々と表通りを進んでいく。商店が立ち並ぶ通りを過ぎ、人通りが少ない路地裏に入る。すると、奥まったところに大きくて飾り気のない、機能だけを重視した石造りの建物が見えてきた。この建物こそが私の最終目的地である。

いつも近くまで馬車で来ていたために、これ程時間がかかるとは思わなかった。お疲れ気味の足を労《いた》わりつつ、重厚な扉を開けて中に入る。

建物の中は想像していた通り、陽気な声と喧騒《けんそう》で溢れていた。入って階段を下りた先にカウンターがあり、左側には何台ものテーブルが置かれていて、そこに『いかにも』と言わんばかりの風貌と武器を持った荒くれ者たちが座っていた。その荒くれ者たちはまだ日が高いというのに、皆思い思いに酒の入ったグラスを傾け、胃の中に流し込んでいる。

どこからか私を小馬鹿にする声も聞こえるが、それをひとまず無視してカウンターに控える女性のもとに向かう。すると、今の私程ではないが、おかっぱくらいの短めの髪に年齢不詳の顔立ちをした、おそらく私よりも五歳は上だと思われる女性がこちらに笑いかけてきた。

「いらっしゃーい！　久しぶりねぇ、ルディ君」

「こんにちは、ギーゼラさん。今日も綺麗ですね」

「やだー、うまいんだからぁ！　褒めても何も出ないわよ？」

「そうだぞ、ルディ。ギーゼラはがめついから何も出してはくれないぞ」

「失礼ねっ！　そろそろツケを払ってもらおうかしら」

「うぐっ……じょ、冗談だよ、冗談！」

「どうかしら」

いつものように始まった、受付嬢のギーゼラと荒くれ者たちのやり取りに口元を綻ばせる。いつ来てもここ『冒険者ギルド』は、自分を飾る必要がないので心が落ち着く。最初は何もかもが初めての経験で戸惑いしかなかったけれど、三年も経てばみんなとの会話にもすっかり慣れて居心地がよくなるのだから不思議なものだ。

ちなみに、私を小馬鹿にした冒険者は見たことがない。初めて会うと皆同じように小馬鹿にしてくるものの、次第に打ち解け合って冗談を言い合える仲間に変わってくる。きっとこの人もそうなるだろう。

そうそう、ここでの私はルディと名乗っている。本名に近い方が咄嗟《とっさ》の時に反応しやすいかと思い、ばれそうでばれないあたりの名前にした。一応ラストネームも考えたのだけれど、三年経ってもいまだに名乗る機会を得ていない。名乗らないに越したことはないのだが。

そうこうしているうちにみんなのやり取りが一段落したようなので口を開く。

「今日はどんな依頼がありますか？」

「それがねぇ、今はちょっと少ないのよ。ダンジョンの依頼は一旦ストップかけられているし」

「ストップっていったい誰がしてるんです？」

「聖騎士団《ハイリヒリッター》の方よ。なんでもちょっと不穏な気配がするとかで」

「それなら我々に探索の協力を要請した方が早いんじゃないですか？」

「そうなんだけどね……」

ギーゼラは困った顔をしながら話をする。

彼女の話によると、『グランデダンジョンで不穏な気配がするらしい』と我が国の魔法師団師団長が言ったために、聖騎士団の騎士たちがダンジョンに配置されて警備に当たっているのだとかなんとか……。そこまで大所帯ではないらしいのだが『冒険者は騎士たちの邪魔をしないように探索を控えてね！』とギルドにお達しが来てしまったとのこと。それなので、現在ダンジョンで行なう採集や討伐などの依頼はすべてできない状態なのだそうだ。

グランデダンジョンは王都のすぐ近くにあるため、私もよく日帰りで魔物退治に行っていたのだけれど、残念ながら今回は無理そうである。

「それじゃあ依頼はまたあとで見るとして、とりあえず部屋を一つ取りたいんですけど大丈夫ですか？」

「あら、珍しい。ルディ君が泊まるなんて。ちょっと待ってね。ええと……二階の右から三番目の部屋なら空いているわ。ああ、リオンさんのお隣の部屋ね」

「リオン？　彼が今日ここに来ているんですか？」

「ええ、あ……とほらそこに」

彼女の視線を辿って左後方を見ると、一人黙々と食事をしている青年がいた。

遠くからでもはっきりとわかる赤い髪は、真紅の薔薇の色……いや、燃え盛る炎の色と言った方がよいか。癖がなく艶《つや》やかなその髪を、彼は伸ばさずに短くしている。

真っ赤な髪が人目を引くのならばその目もまた然り。彼の目は全体的に黄色であるのは間違いないが、よく見ればその瞳の色は、陽だまりの中にいるような温かさを孕んだシトリンの色合いで、虹彩は濃度の高いイエローダイアモンドを彷彿とさせる色合いである。それはまるで真夏の太陽のよう。

一方容姿はと言えば、すっと通った鼻梁に、形のよい唇、涼しげな目元が絶妙なバランスで配置されており、まさに美形と呼ばれる類いのものだ。一見すらっと細身に見える姿態だが、よくよく見ればしっかりと鍛え抜かれた筋肉が付いているのが窺える。だが、筋骨隆々というわけでもない。必要な筋肉が必要な分だけ付いている、と言えばわかるだろうか。だからむさくるしさは全くと言っていい程ない。

有り体《てい》に言えば、好きとかそういった感情関係なく彼はかっこいい。ルートヴィヒお兄様が麗しいタイプなのに対し、彼は爽やかな好青年と言えるタイプで、二人は違ったタイプの美男子と言えるだろう。

歳は、本人曰《いわ》く二十二歳だそうだ。三年の付き合いの中であまり風貌が変わっていないので事実だろうけれど、それよりはいくらか若いように見える。

かくいう私も、彼からすれば身長も顔つきも微々たる変化しかないので、とても不自然に見えるだろう。でも、彼がそんなことをいちいち気にして尋ねてくるような性格でないのは、三年の付き合いでよくわかっている。

冒険者はいろいろな事情を抱えている者が多い。そのため、プライベートに口を挟まないという暗黙の了解が存在しているのだ。

「へぇ、珍しい。……あ、ギーゼラさんお会計お願いします」

リオンと呼ばれた青年からギーゼラの方に顔を戻すと、懐から硬貨の入った袋を取り出し前金を払う。部屋の鍵を受け取り、すぐさまリオンと呼ばれた青年の方に足を向けると、向こうも私の姿に気付いたのか、ニッと笑みを浮かべ片手を上げて挨拶を寄越した。

「よぉ、ルディ。久しぶりだな」

「ああ、まさか君がいるなんて思わなかったよ」

「それはこっちのセリフだ。まあ、座れよ」

勧められてリオンの隣の席に座ると、とりあえず飲み物を頼む。然程待たずに運ばれてきたそれを口に含み一息吐くと、あらかた食事を終えたリオンが果実酒の入ったグラスを手にしつつ、こちらを見てきた。

「随分短くしたなー。丁寧に編んでいただろう、どういった心境の変化だ？」

「……心境の変化なんてないよ。ただ必要なくなったからバッサリと切ってやっただけ」

「ふぅん……ま、そういうことにしておいてやるよ。それで、珍しく部屋を取ったということはしばらくギルドに居座るつもりか？」

「まあね。自由な時間ができたから、思いきり羽を伸ばそうと思って。で、来てみたらこれだよ。やってらんない」

「しょうがないだろ。諦めて聖騎士団の用が終わるのを待つか、別の依頼を探せばいいさ」

「それはそうなんだけどさ。久しぶりに派手にやりたかったなぁ」

肩をすくめるリオンから視線をずらすと、少しだけ口を尖らせる。今の私は少年だ。多少の子供っぽさは、まだ大人になりきれていない十四、五歳くらいの少年らしい仕種だと思っている。ギルドの中には見知った貴族の子息もいるので、私だとばれないようにするために徹底的に『少年ルディ』を演じきらなければならない。

貴族と言えば、おそらくリオンも貴族だろう。貴族にしては砕《くだ》けすぎた口調ではあるものの、一つ一つの所作はどう見ても貴族のそれである。先程の食事を摂るという動作一つをとってもそうだ。素晴らしく洗練されていて、一朝一夕で身に付くものじゃない。私だってこうして庶民の少年を演じていても貴族らしさが抜けきらないのだから、二十二年生きてきたリオンにはどの所作も呼吸をするようなものだろう。

貴族の中でリオンという名前の青年は記憶にないけれど、馬鹿正直に本名を使う人はまずいない。アナグラム——名前の文字を入れ替えたりしているのだろう。

「ああ、そういえばこんな依頼もあったわよー」

私たちの話を聞いていたのか、ギーゼラが依頼の書かれた紙を持ってきた。それを受け取ってまじまじと見る。

「何々？　…………………はぁ⁉　えっ、ちょ……『生贄《いけにえ》の護衛』ってなんだコレ⁉」

依頼書の内容を理解した瞬間、その衝撃的な内容に思わず声を上げて固まってしまった。そんな私の手からリオンがひょいと依頼書を奪い取り、依頼書に目を落とす。そして、すぐに「……穏やかじゃねぇな」と呟いて眉根を寄せた。

「ギーゼラさん、これ……」

「私もよくはわからないのよ。詳しくは依頼人から聞くしかないみたい」

「締め切りは五日後、それから二日後までにイェルの村に行けばいいみたいだな。イェルの村はここからそう遠くない。半日もあれば辿り着けるがどうする、ルディ？」

「内容が内容だからなぁ。あと味悪そうだし……そもそも生贄ってこの国じゃあまり聞かないよね？」

「ああ。生贄は基本神に奉げるものだ。国教は女神ヴェルテディアを崇めるヴェーデ教一択だし、村は王都に近いから神官が布教しに行きやすく盲信的な信者が多い。だから女神の名を騙《かた》る者はいないはずだが……。それに、女神ヴェルテディアが生贄を欲するなんて話は聞いたこともないしな」

「だよねぇ……。あーもう、謎が多いけど詳しい話聞いちゃったら引き返せないよね、コレ」

「まあそうだろうな。まだ締め切りまで時間があるから考えてみればいいんじゃないか？」

「そうだね。ありがとうございます、ギーゼラさん。もうちょっと考えてみます」

気になる依頼ではあったものの、謎が多いために決断には至らなかった。ただ、時間はたっぷりあるので、依頼を受けるかはもう少し考えてからでも遅くはないはずだ。

とりあえず依頼書をギーゼラに返すと、そのまま早めの夕食を摂り、さっさと部屋で休むことにした。

断罪

SIDE：エミーリエ

ざわざわ……。周囲が騒がしい。

本来ならば婚約者とともに登場するはずの我が国の王太子殿下が、本来のパートナーとは違う令嬢と一緒に会場に現れたのだから至極当然の反応である。

殿下の腕に必要以上にくっついて己の腕を絡みつかせているのは、ふわっふわのハニーブロンドに桃色がかった茶色い瞳の、とても可愛らしいご令嬢だ。だが、その体勢はとても可愛らしいとは言えず、むしろはしたないと眉間に皺《しわ》を寄せられても仕方がないものだと言える。

確か彼女はハインミュラー子爵家のご令嬢だったか。よく見れば彼女が着ているドレスは、子爵家がどう逆立ちしても手にすることのできない品の良いドレスだ。あちらこちらに質の良い宝石が鏤められてあり、それらが光を受けてキラキラと輝いている。おそらく殿下がプレゼントしたのだろう。

マルティナはこの日のために、さまざまな種類の宝石があしらわれたネックレスを殿下からいただいた、と言って見せてくれた。私がせがんで見せてもらったのだけれども、それはともかく。ネックレスはそれなりの値段に見えたが、宝石が少々小ぶりなうえ、デザインもよく似ていたことから、おおかたハインミュラー子爵令嬢のドレスを作った際に一緒《ついで》に誂えたものだと思われる。ドレス用の宝石を用意したものの、大きさや色合いが揃わず、ネックレスの方に回したといったところか。

とはいえ、さすがにこの差は酷すぎる。辛うじて体裁を取り繕ってはいるものの、二人を見比べればその差は一目瞭然だ。だというのに、殿下は全くそれに気付いていない。もしマルティナがここにいたら、さぞかし場が混乱しただろう。したがって殿下は彼女に感謝すべきである。

……って、あらやだ。つい楽しそうなことに意識が向いてしまったわ。話を元に戻しましょう。

会場にハインミュラー子爵令嬢が現れるや否や、すっと彼女の後ろを陣取る二人の美形。

一人は切れ長の目が冷たい印象を与えるも、そこがクールに見えるらしい（ご令嬢方談）宰相閣下のご子息アンゼルム様。

もう一人は、天使のように可愛らしく微笑む姿が麗しい、ブルノー公爵のご子息カミル様。その笑みで周りのご令嬢はバタバタと倒れるとのこと（こちらもご令嬢方談）。

それにしても、彼女の脇を無駄のない動きで陣取る二人の様は、あまりにも訓練されすぎていて笑ってしまいそうだ。それを当然の如く受け入れ、二人に微笑みかけているハインミュラー子爵令嬢にも呆れてしまう。

そんな彼女らを周りにいるほかのご令嬢方は冷ややかな目で見ているが、当の本人は全く気付いていないようだ。それがまた滑稽すぎて逆に白けてくる。

まあ、それもこれもこのイベントの醍醐味になるだろう。

「……ふふ、本当に面白いわ」

「何か言ったかい？」

「いいえ、何も」

口角を上げて含んだ笑いを浮かべる。実に私らしい仕種だと我ながら思う。

私は、エミーリエ・パウラ・ローエンシュタイン。侯爵令嬢だ。レーネ公爵令嬢であるマルティナ・レラ・レーネの幼馴染であり、彼女とはいたずらも舌戦も、とにかくいろんな経験を一緒に積み重ねてきた戦友……もとい気心の知れた、むしろ知りすぎたと言っても過言ではない仲である。

そして隣で不思議そうな顔をしているのは、私の本日のパートナーで従弟のオトマール伯爵令息ベルント様。ベルント様には婚約者がいるのだが、まだ学院に入学していない。それゆえ、彼にお願いして今回私のパートナーになってもらった次第だ。

なお彼はパートナーではあるが、私が今からやろうとしていることは全く知らない。でもここは一つ巻き込まれてもらうことにした。その方が面白そうだもの。

ちらりと視線を遣り彼女らの様子を窺う。殿下が辺りに目をさまよわせ、何かを探しているようだ。

……いるはずもないのに。本当に可笑《おか》しいわ。

やがて殿下は、自力では見つけることがかなわなかったのか、周囲に向かって呼びかけた。

「この中に私のパートナー、マルティナ嬢はいるだろうか？　マルティナ嬢、いたら出てきてほしい。あなたに聞きたいことがある。」

遠くにまで届きそうな、凛とした声音が辺りに響き渡る。すると、先程からちらちらと様子を窺っていた令息や令嬢の頭が左右に動いた。おそらく、殿下が名指しした人物を探しているのだろう。

その行為は、彼女を見つけてその後の展開を見たい、といった好奇心や面白半分の感情が主なようだ。

だが、これだけ人がいてもその人物は見つからない。当然だ。彼女はここにいないのだから。そして、今この会場でその事実を知っている人物は私だけだ。

……そろそろ頃合いか。

私はすっと一歩前に出た。

「恐れながら王太子殿下、わたくしに発言する許可をいただけないでしょうか」

「エ……エミーリエ嬢⁉」

やにわに挙手をして声を上げた私を、隣のベルント様がぎょっとした顔で見てきた。それを無視して殿下を見る。

「……あなたは確かティィナと仲の良い、ローエンシュタイン侯爵家のご令嬢であったな。ここは学院。上下関係なく接することのできる場だ。いくら卒業とはいっても本日が終わるまではこの学院の生徒。ゆえに自由に発言してもらって構わない」

「では、お言葉に甘え発言させていただきます。殿下、何故マルティナ嬢が殿下のエスコートなく会場にいるとお思いになったのでしょうか」

私の問いに殿下は『なんだそんなことか』と言わんばかりの表情を浮かべ、口を開く。

「ティナをエスコートするために彼女の邸に行ったが、公爵家の執事に『彼女は家を出た』と言われたのだ」

「だからそちらのご令嬢をエスコートしたと？」

「いや、そうではない」

その言葉を聞いて私の口角が上がりそうになったが、それを無理矢理抑える。

「それはそうでございましょう。なにせ殿下は初めからティナをエスコートするおつもりはなく、そちらの奥に控えている侍従……彼を使いに寄越されたのでございますものね。そして殿下ご自身はそちらのご令嬢のもとに向かわれた。ティナと登場しダンスさえすれば、あとはずっと彼女をエスコートしても問題はございませんもの」

「っ!!」

ざわり……。

私の一言により、いっそうこの場の騒めきが強くなる。順番さえ守れば側妃を持つことは是とされることだが、婚姻前に正妃候補よりも側妃候補を優先したとなれば大事に発展してしまう。一国の、しかも大国の王太子としてそれは致命的なことだ。

けれど私は、大好きなマルティナを裏切った殿下に対して容赦をするつもりは微塵もなかった。

一瞬表情を崩しかけた様子の殿下に、更に追い討ちをかける。

「それは……！　あらかじめティナにも告げておいたこと。彼女も構わないと言ってくれたのだか

ら問題はないはず……」

「『約束なさったあとなら仕方がございませんわ。殿下が簡単に約束を反故になさるなど、あってはなりませんもの』それが彼女の正しい言葉、では？　それに、ティナが許したとしても、殿下のなさったことは常識として到底許されるものではありませんわ。ああ、そうそう……」

そう言いながら、ちらっとハインミュラー子爵令嬢の方に視線を動かす。彼女はびくっと肩を震わせ、怯《おび》えた表情を浮かべながら殿下の背中へと隠れてしまった。なんとまあ、計算された仕種だこと。まるでこちらが彼女を苛めたかのような気になるのだから笑ってしまう。

ころっと騙《だま》された取り巻きの二人が、こちらに批難の目を向けてくる。本当に何も見えていない人たちだ。

「そちらのご令嬢はとても素敵なドレスをお召しになっているのね。わたくしの家でもそう簡単には用意できないくらい高価な代物ですわ。殿下のプレゼントかしら？　確かティナは今回のパーティー用に殿下から、愛らしい宝石が所々に鏤められたネックレスが贈られていたのでしたわね。もしかしてそちらのドレスを誂えた時に慌てて作らせた物かしら？　一見した程度ですが、宝石がよく似ているわ」

「何が言いたい？」

「いいえ、この事も一端なのでは、とも思いましたのよ。でもそうですわね、ティナともあろう女性がそのような浅ましい理由でこの場に現れないなんてことはありませんものね」

殿下の鋭い視線を流しつつ、私らしい艶然《えんぜん》とした笑みを浮かべる。

私はよくほかの人から『妖艶だ』とか『艶《あで》やかだ』とか年齢にそぐわない賛辞を受けているのだが、まあ、自覚もしているしちょうどよいのでこの場ではそれを大いに活用させていただく。この際多少の無礼も無視だ。

「話が逸れてしまいましたので元に戻させていただきますわね。結論から申し上げますと、ティナは今日、ここには現れません」

「なっ……！　未来の国母として恥じぬ行動をしてきたあのティナが、ここに現れないなどありえない！」

「ええ、本来ならありえませんわ。ですが、冤罪をかけられそうになっている、とすればいかがでしょう？」

ぴくりと殿下の片眉が上がったのが見えた。予想通りの反応だ。あの冷静沈着な殿下とは思えないくらいにこちらのペースに呑まれている。

「冤罪？　聞き捨てならないな。誰がティナに冤罪をかけるというのだ？」

「それは殿下や、その後ろの皆様が一番よくわかっているのではありませんこと？」

「……」

……反論しないのね。それは認めたと言っているようなものよ。

「ティナは昨日の放課後、殿下とハインミュラー子爵令嬢の逢瀬にたまたま出くわしたそうです。その際そちらのご令嬢が、ティナに階段から突き落とされた、と殿下に告げていらしたそうですわね？」

「あ、あれは本当のことです！　嘘なんかついていません！」

「そうだ！　何を証拠に冤罪などと言う！」

「あなた様は黙っていてくださいませ。宰相閣下のご子息だというのに事実確認もなさっていないのですか？」

あれが未来の宰相かと思うと気が重くなる。いや、家を継ぐのは彼の兄か。ならば少しは安心できるというもの。とはいえ、こんなのと話を続けていたら頭が痛くなるので、今は黙っていてもらいたい。

幸い私の言葉が正論であったためか、彼は苦虫を噛み潰したような表情を浮かべつつも口を噤んだようだ。ゆえに話を再開する。

「あのティナが顔を真っ青にして走ってきたのです。そして、『私はやっていない、でも殿下が彼女の話を是とするような発言をなさった』と泣きそうな顔をしながらわたくしに話してくれましたわ。『宰相令息と公爵令息も彼女の味方、私がいくらやっていないと言っても信じてもらえず、押し通される可能性だってありますわ』とも。そうなればティナが今後どういった処遇を受けるか、容易に想像できましょう？　ですからティナはこの場に来なかったのです。そうすればこの場にいらっしゃる第三者のご令息やご令嬢の方にも話が伝わり、殿下はこの話をきちんとお調べにならなくてはなりませんもの」

「だ……だって本当のことです！　私、本当にマルティィナ様に突き落とされそうになったんです！目撃した人だっているんですよ！」

「目撃した方ってこの方たちですの？」

「なっ……あなたたち！」

私の後方から二人の令嬢が現れる。いずれもハインミュラー子爵令嬢の友人だったご令嬢だ。

二人は青い顔をしているが、視線は気丈にもハインミュラー子爵令嬢に向けられている。

マルティナの話を聞いてから今日の夕刻までの間に調べる時間はたっぷりあった。その中でハインミュラー子爵令嬢――面倒ですわ、ユリアーナ嬢といったかしら――が嘘の目撃者として自分の友人たちを側に置いていることがわかったので、早々に説得し、こちら側に回ってもらったのだ。

その際、彼女たちから託された手紙を今ここで取り出す。

「お二方からとても興味深い話をお聞きしましたのよ？　ええと、なんでしたっけ？　ああ、そうですわ、『マルティナ様がユリアーナ様を階段から突き落とそうとしたのを見た』と証言してくれれば将来自分が殿下のもとに行った時に、二人の家に便宜を図る、とかなんとかおっしゃったそうですわね。実行される前だったから良かったものの、もし事後でしたら公爵家を陥れた罪でこのお二方のお家は断絶、当主の処刑もおかしくありませんでしたのよ？　こうして約束の手紙まで残っているんですもの、もう言い逃れはできませんわね、ハインミュラー子爵令嬢ユリアーナ様？」

「ユリアーナ、君は……」

「う、嘘です！　そんなの嘘です、信じてください殿下！」

「……」

「あ、そういえばティナがこんな話も聞いたと言っていましたのよ？」

にっこり微笑みながら私はユリアーナ嬢にとどめを刺す。

「あなたは殿下に『私を正妃にしてください、マルティナ様のことが心配なら私に策があります』と、そうおっしゃったそうですわね。『策』ってなんでございましょう？　ティナを嵌める策ですの？」

私の言葉に、はっと何かに気付いたような表情を浮かべる殿下。気付くのが遅すぎです。

一方ユリアーナ嬢は下唇を噛み、こちらを睨み付けていた。それは殿下の後ろに隠れ、私にだけ見えるように浮かべた表情であり、周りの者たちには見えていない。なかなかの女優である。だが、そんな表情をしても私の気が晴れることはないし、許さない。それに許すのは私ではなくマルティナだ。

私は淡々と最後の言葉を放つ。

「さて、全てが解明された今、あなたの言葉とティナの言葉、どちらがここにいらっしゃる皆様の心に響くと思います？」

あれ程騒がしかった会場が、一瞬にして静まり返った。

「くっ……」

しんと静まり返った会場にこぼれ落ちた声。本人が意図せずつい漏れ出てしまった、とでも言うような声音だ。

その声の主はユリアーナ嬢ではなく、彼女を庇《かば》うように前に出ていた殿下のものだった。

しかし意外なことに、殿下から発せられた声は悔しさの滲むようなそれではない。何故なら、その声のあとに殿下が一頻《ひとしき》り笑い、それから凛として己の護衛に命じたからである。

「くっ……ふははは。滑稽だな、まさか私が恋に溺れて姦計《かんけい》に嵌るとは。ユリアーナ、残念だ。お前たち、この者を捕らえよ！」

「クリス様！　私っ……」

殿下の方に勢いよく顔を向けて必死に取り縋おうとするユリアーナ嬢。そのユリアーナ嬢の両肩に殿下がそっと諸手を置いて、さりげなく引き離す。その仕種は紳士そのものであったけれど、表情はとても厳しいものだった。

「お前とは違い、ローエンシュタイン侯爵令嬢には証拠がある。なんならお前が私に寄越した手紙とそちらの手紙、双方の筆跡鑑定をしてもよいが？」

「っ!!」

「決まりだな、連れていけ」

「お待ちください、殿下。騎士を連れてまいりましたので、殿下の護衛はそのままで。……連れていきなさい」

会場の入り口辺りから突如発せられた第三者の声に皆が注目する。そこにいたのはまさかの人物だった。殿下がそれを見て軽く目を見開く。

「あ、あなたは……」

学生と教師たちしかないこの会場に一人の壮年の男が佇んでいた。彼は連れてきた騎士たちに指示を出し、ユリアーナ嬢を連れていかせる。

その光景を見ても殿下は表情一つ変えなかった。もう既に感情を滅して実を取っているようだ。

けれど、取り巻き二人はこの状況に思考が追いついていないようで、ユリアーナ嬢が連行される様子を青い顔で眺めている。

一方、始終隙あらば逃げようとするユリアーナ嬢を数人の騎士が取り抑え、半ば強引に彼女を連れていく。

やがてユリアーナ嬢が会場からいなくなると、殿下が壮年の男――レーネ公爵の方を向いて疑問を口にした。

「レーネ公爵、何故あなたがここにいるのですか？」

「今朝、エミーリエ嬢から話を聞いたからですよ、殿下」

「今朝？」

殿下は不思議そうな顔をしてわずかに首を傾げる。おそらくこう思ったのだろう。『何故朝に私《エミーリエ》が公爵家に事情を説明しに行かなければならないのだろう、マルティナは家にいただろうに』と。確かに、公爵家の執事が殿下の侍従にした話は正しい。が、すべてを話したわけではない。公爵はそれを殿下に話すつもりはないようだ。口を噤み、無表情で私たちの方を見ている。よって、私が代わりに事実を述べることにした。

「殿下、そちらの侍従の方がティナを迎えに行った時に公爵家の執事に言われた言葉を、もう一度おっしゃっていただけませんか？　今度は正しく」

「……『お嬢様は邸を出られました』」

「ええ、そうです。一言一句間違いございません。『そのように申し上げてください』とわたくしが執事の方にお願いしたのですもの。さて、殿下にお尋ねいたします。ティナは本日この学院にいましたか？」

「！」

殿下の宝石のように美しい碧眼が、こぼれ落ちるのではないかというくらい大きく見開かれた。どうやら言葉の本当の意味に気が付いたようだ。

他方、周りに目を遣ると気付いている者、全く意味がわかっていない者、さまざまな反応が窺えて実に面白い。殿下に届くくらいの声量で話しているので単に聞こえていないだけの者もいるかもしれないが。

そう、本来ならこの話は誰にも聞かれないように別室に移動してするべきものである。しかし、公爵は私の——私たちの計画を聞いて「尻ぬぐいは我々がするので好きにやればいい」と言ってくれた。ならばせめて、公爵家にとって都合の悪い部分は声量を抑えて話をしようではないか。

「今、この場に隠れてはいないのか？」

「残念ですけれどそれはないですわね。昨日、ティナは帰宅してから夕餉《ゆうげ》までの間に忽然《こつぜん》と姿を消したそうですわ。その手口も、現在ティナがどこにいるのかも、誰もわからないのです。ティナに事のすべてを打ち明けられたわたくしでさえも。一つ言えることは、ティナがわたくしに話してくれた時に『隠れる』と言ったことだけですわ」

私の言葉に、殿下は「そうか」と弱く呟き、眉間に皺を寄せて目を閉じた。これだけ見ればマルティナがいなくなり相当堪《こた》えているようにも見える。だが殿下のことだ。おおかたそういった演出で周りの同情を誘う目的なのかもしれない。でも、周りの同情は得られても私の同情は誘えないわよ、面白くもない。

この場にいないマルティナに少しでも悪感情が向くことがないよう、私は私にしかできないことをする。殿下？　不敬？　そんなの知ったことではないわ。ここでのことは子供——といってももう成人済みだけど、学生のうちは子供として扱われる——のやりとりとして処理されるようにするつもりだし。それに、ここであったことは口外禁止となるだろう。人の口に戸は立てられぬが、真っ向から王家と公爵家に盾突く馬鹿もいないはず。

今度は皆に聞こえるくらいの声量で大袈裟に演じる。

「ティナと殿下の間に恋情はなく、それを二人が確認していたことは存じ上げております。それでもティナは殿下と約束をしたからと、殿下と手を取り合い、信頼し合って、この国を更に良くしようと頑張っていたのです。ですが、昨日ティナは『信じていたのに殿下に裏切られた』と言いました。更に『今はもう信じることができない』とも。恋愛結婚が増えてきた今でも、家の利益だけを重視した愛のない結婚はありますし、そう珍しいものでもありませんわ。貴族に生まれれば強いられることもありましょうから。ここにいる皆様もよくご存じでしょう？　当然ティナもそれをよく理解しておりましたし、愛がなくとも殿下を支えていくつもりでした。殿下が恋を、愛を知って離れていかれたとしても。自分は殿下以外許されないとわかっていても。殿下に対して家族のような情はあったようですから。しかし殿下は、ティナが唯一手にすることのできた、殿下との信頼関係を軽んじ、無下になされたのです。結果、殿下を信じてこれまで耐え忍んできたティナの心が完全に折れてしまいました。ですが、それも仕方のないことでしょう。ティナは元々王妃になりたかったわけではないですし……」

「もういい」

深く息を吐き出した殿下は、私の話を少し強めの口調で遮った。まだまだ言ってやろうと思っていたのだが仕方がない。マルティナに悪感情を抱いた者もいないようなので我慢しますか。

「失礼いたしました。殿下、この先どうなるかはわかりませんが、互いに離れて考える時間も必要なのではないでしょうか」

「そうかもしれないな。ローエンシュタイン侯爵令嬢、あなたがどれ程ティナを大事にしているのかがよくわかった。これからもティナのよき友として彼女を支えてあげてほしい」

「もちろんでございますわ」

私が返答するや否や、殿下が私の目の前までやってきた。何事だろうと小首を傾げてその様子を窺う。

私の隣には誰もいない。ベルント様は私たちに遠慮をしたのか、後方に下がっている。きっと今は、おろおろとしながらこちらを見ているだろう。

ベルント様とは生まれた時からの付き合いなのであらかたの事はやってしまっている。最近は感覚がすっかり麻痺《まひ》してしまったようで、何をやっても反応悪いわね、と思っていた。でも、今日はとてもよい反応をしてくれるので面白い。

などと思い耽《ふけ》っていると、殿下が不意にフッと微笑んできた。

……完璧なまでの美形が微笑むとその破壊力は物凄いわね。あ、後方の令嬢が崩れ落ちているみたい。音がしたもの。

「あなたの手腕はさすがとしか言いようがないな。昨日の放課後からこのパーティーまでの間に証拠や味方、段取りすべてを整えてしまったのだからな。私の治世になったらあなたのような才ある人を側に置きたいと思っている。あなたさえよければ私の下でその手腕を発揮してはくれないだろうか」

「お褒めに預かり光栄に存じます。ですが、お断りいたしますわ。わたくし、面白いことにしか食指が動かない主義ですの。必ずしも殿下の助けとなり得るとは限りませんわ。それにわたくしは、わたくしの大事にする者のために力を揮いたいと存じます。ティナが殿下のお側に戻るというのでしたら話は別ですけれど。それともう一つ。今回の策はティナの案が原案でございましたのよ。殿下とご令嬢の話を受け、その場で案を練り即座に行動に移せたのは、偏《ひとえ》にティナの手腕ですわ。わたくしはただそれを具体的に、形としたまででございます」

「そうか、残念だ。まあ、そう言うとは思っていたが。しかし、とんだ茶番だったな。しかも私がその茶番の中心人物になるとは……。ティナにもあなたにもまだまだ及ばない」

「ご謙遜を。殿下は素晴らしい頭脳をお持ちですわ。今回はたまたま、わたくしたちの策がうまくいっただけのこと。次はもうわたくしたち二人だけでは殿下に太刀打ちできないでしょう。それから……」

醜くならない程度に口角を上げてにっこりと微笑む。殿下はその笑みに何かを感じ取ったようだが、何も言わずに私の次の言葉を待ってくれた。その厚意に甘えて続きを言わせてもらう。

「殿下、当事者にならないのでしたら、たまにはこういった茶番も面白いですわよ。わたくし、こういったことでしたら殿下のためにたくさん用意して差し上げましてよ？」

「ありがたい申し出だが遠慮しておこう」

冗談半分で言った私の言葉に、殿下が若干頬《じゃっかんほほ》を引き攣《つ》らせつつも笑顔でそう返してきた。……そんなに嫌がらなくてもいいのに。

殿下は、私の前に来てからずっと声量を抑えて話をしていた。ゆえに、会話は私とすぐ近くにいたレーネ公爵にしか聞こえなかったようだ。周りの見物人は皆不思議そうに私たちの様子を眺めている。だが、そんなことはお構いなしに殿下が話を続ける。

「あなたを敵に回すと恐ろしい。ティナには私の側にいてもらって、あなたにはこちらの味方でいてもらうとしよう」

「残念ですがそれは無理でございます、殿下」

今まで我関せず、無言、無表情を貫いていたレーネ公爵が、私と殿下の会話に割って入ってきた。そのため、殿下とともに公爵の方に顔を向ける。

「レーネ公爵、どういうことだ？」

殿下の問いに公爵は表情を変えず、淡々と答える。

「先程陛下のもとに赴き、話し合いをいたしました。その結果、殿下と我が娘マルティナの婚約は白紙に戻すことになりました。今後娘は、公爵令嬢として王家に……いえ、国に仕えることになりましょう。ですが、殿下のお側に寄り添うことはありません」

「なっ⁉」

「あら、まあ」

こうなると予想しなかったわけではない。けれど公爵の行動は驚く程迅速で、さすがの私もびっくりした。

思わず公爵を凝視する。

マルティナに頼まれて、今朝早く公爵邸を訪れた時のこと。すべてを話した私に、公爵は「よくわかった、ありがとう」と言って穏やかに微笑んでくれた。それを見た私は『マルティナを溺愛している公爵にしては冷静な対応だな』と意外に思っていた。しかし、そんなことはなかったらしい。

後日ルートヴィヒ様に伺ったのだが、公爵は私が帰ったあと、物凄い形相で城に押しかけていったのだとか。

ルートヴィヒ様談、「二十年生きてきたけど、今まであんな形相の父上を見たことがなかったよ。ただ見られただけなのに背筋が凍って『ああ、陛下終わったな』って思ったね」とのこと。どんな表情だったのだろう？

「殿下も娘も、もっと大人を頼ってくださってもよかったのですよ。それをせず、怠った結果がこれです。殿下、今回の騒動に対しての殿下のご対応は辛うじて及第点でございますが、娘への対応につきましては落第点でございます。まあ落第点は娘も同じですが。あの子のことですからおそらく、一つのことに囚われて周りが見えなくなる悪い癖が出たのでしょう。直すよう言っていたのですが……。ああ、それとご存じかも知れませんが、私は殿下と娘の婚約の際『娘が嫌がれば白紙に戻す』との条件を組み込んでもらっていたのです。今回、娘が殿下を拒絶し逃げ出した、それを私は条件が調ったとみなしました。陛下にはかなりごねられましたがね」

公爵がそう言って肩をすくめる。その姿から察するに、陛下を説得するのはそれなりに大変だったようだ。

「……もうそこまで手を打たれているのならば仕方がありません。受け入れるよりほかないようですね。ですが公爵。もし私が再びティナの信頼を勝ち得た場合、もう一度ティナとの婚約を認めてはいただけないでしょうか。彼女を裏切っていた私が言うのもなんですが、私には彼女の力が必要なのです」

「娘次第です、と申し上げておきましょう。正直殿下との婚約はもう認めたくはありませんし、失礼ながら私も殿下に対して信頼を寄せてはおりません。が、私は娘が望むようにさせたいとも思っております。ゆえに、もし娘が望むようであれば許可をいたしましょう。ですが次はないですよ？」

「肝に銘じておきます」

殿下に釘《くぎ》を刺す公爵はとてもにこやかだったけれど、その目の奥が全く笑っていなかった。そればかりか冷気すら漂う。そんな公爵の迫力に後方のベルント様は竦み上がっているみたいで、彼の声にならない悲鳴のようなものが私の耳にも届いた。

だがそこは殿下。公爵の言葉に、表情を引き締めて力強く頷く。この先どうなるかはわからないが殿下が次を違えることは許されないだろう。

こうしてグレンディア国王太子、クリストフォルフ・ヴェンデル・グレンディアと、レーネ公爵令嬢、マルティナ・レラ・レーネとの婚約は白紙に戻り、その話は瞬く間に国中に広がった。

後日、ハインミュラー子爵令嬢を捕らえたことにより、ハインミュラー子爵の王家乗っ取り計画が白日の下に曝されることとなる。

ちょっとした王子の火遊びが思わぬ結末を迎えたが、双方にとって良い結果だったのではないだろうか。

そして私は「もうエミーリエ嬢のパートナーはご免だよ」とげっそりしながら言うベルント様を後目に「とっても面白かったわ！」といつになく弾んだ声を上げて、ほくほくと侯爵邸に戻ったのだった。

イェル村

両脇に木が規則正しく並んでいる一本道を過ぎ、やがて見えてきた村の入り口を、立ち止まることなくそのまま通り過ぎる。小さくも活気ある広場を抜け、更に先に行く。

ギルドを出てから南に進むこと数刻。辿り着いたのは正午も過ぎて少し経った頃のことだった。

通り過ぎてきた家々とは比べ物にならない、一棟の瀟洒《しょうしゃ》な建物。その建物の前で立ち止まると、建物――邸の門兵に取次ぎを願う。すると、あらかじめ連絡していたおかげかすぐに私たちの前に執事と名乗る男性が現れ、そのまま邸の応接室へと通された。

執事に勧められ、華やかなソファに腰をかける。我が家のものに比べるといささか硬めなソファではあるけれど、それなりに良いソファのようで、座り心地は悪くない。

不躾にならない程度に部屋の中を見回すと、そこかしこに品の良い絵画や名のありそうな工芸品が飾られてあり、ここの主のセンスの良さが窺えた。

それらの事柄と、ほかに大きな屋敷が見当たらなかったことから察するに、おそらくここが村を治める長の家なのだろう。依頼書にはそういった情報がいっさい書かれていなかったので、名前と地図だけを頼りにここまで来たのだ。情報を記載しなかったのには何か訳があるのだろうが、依頼を受ける側としては信頼してもよいものかと不安になる。それでもこの依頼を受けたのには訳があった。

先程メイドが用意してくれたお茶とお菓子を堪能しながら、先日の出来事を思い起こす。

事の発端は三日前。私が家出をした日、ギルドでとある依頼書を見たことだ。

その時は気になる依頼ではあったけれど、面倒事に首を突っ込む程お人好しでも物好きでもなかった私は、依頼を受けるつもりなど微塵もなかった。だが、翌日になってもギルドに留まったままの状況は変わらず、ほかに受けられそうな依頼も、聖騎士団が動いたという情報も入ってこない。

手持無沙汰の私とリオンはすることもなかったので職人街に買い物に出かけ、何を買うでもなく店を覗いたり、目に留まった店でお茶をしてみたり、普段行かないような街の外れまで歩いてみたり、いろいろなことをして時間を潰した。正直、こんなことがなければ一生できなかったであろう事柄ばかりだ。とても楽しくてまたやりたいと思ったのは嘘ではない。

けれど、その日は楽しく過ごすことができたが、次の日になって事件が起きた。ギルドから出られなくなったのだ。

いや、遠回しな言い方はよくないのでこの際だから正直に言い直す。実は前日やりたいことを一気に堪能してしまい、何もすることがなくなってしまったのだ。またやりたいとは思ったけれど、次の日も続けてとはさすがの私も思わなかった。

愕然《がくぜん》とした。暇を持て余すだなんて初めてだ。普段は予定がびっしりで、暇を見つけてはギルドで魔物退治をしていたけれど、それもだめとなるともうお手上げである。

イルマが目くじらを立てて『お行儀が悪い！』と苦言を呈《てい》している姿が目に浮かんだものの、それを一蹴し、ギルドに設けてあるテーブルに突っ伏して、時間を潰せそうなことはないかとあれこれ思案する。けれど、結局何一つこれという案が浮かばず、昼になる前にあえなく降参した。そして「暇！　ヒマ！　ひま！　ひ……」とリオンに言い続けた結果、「なら例の依頼受けるか？」とリオンが何気なく言った言葉に、嬉々として飛び付いたのである。

だがすぐに出発とはいかず、それぞれ支度を整えて、翌日の朝早くにギルドを出た。

あの時私はすぐに出発したかったのだが、リオンに「ほかの冒険者に連絡するから少し待て」と言われてしまい、待たざるを得なかった。連絡も冒険者には大事な仕事だ。それを理解していたのでおとなしく待った。

しかし、それもおかしな話だ。私はリオンと正式にコンビを組んでいるわけではない。ゆえに、行動をともにする仲間がリオンにいるのならば、そちらを優先してもらってもこちらは一向に構わなかったし、一人で事に当たってもよかった。だが、彼がいる時はいつも一緒に行動していたがために、気が付いたら今回も一緒に行動していたのだ。

——そうして今に至る。

「お待たせいたしました。私がこの村の長を務めております、エグモントと申します。今回は依頼をお引き受けいただきまして誠にありがとうございます」

ノックのあとにかけられた声にはっと意識を戻す。すぐにティーカップをソーサーに戻し、ソファから立ち上がって声の主の方に体を向けた。

声の主は入り口に立ち、にこやかにこちらを見ていた。四十代くらいだろうか。痩身で身長は少し低めの優しそうな容貌の男性だ。とはいえ、村の長を務めているくらいなのだから優しいだけではないのだろう。

エグモントと名乗った男性は、私たちの前まで来ると改めて一礼をした。慌ててこちらも頭を下げて挨拶する。

「初めまして、冒険者ギルドより依頼を受けてまいりました、リオンと申します。こちらは相棒のルディです」

「初めまして」

「……そちらの方は随分とお若いですね。申し訳ないですがこちらも人手不足で、何かありましてもお助けできるかどうかわかりませんよ？」

あー……うん、言いたいことはわかる。今の私はどこからどう見ても少年の姿だ。自分が思っているより子供に見られていてもおかしくない。少々きつい口調になったとしても仕方がない話だ。

まあ、そんなことだからこういった時の交渉は、すべてリオンに一任している。彼は、私の力量を正確に把握しているので無理な取り決めはしないし、ちゃんと私の意見も取り入れてくれるため、私としては何も言うことはない。今回も私は口を挟まず、ただただ黙って取り決めを見守ればいい。

だが、彼のやり取りを見ているとたまに、私の侍従か！　と突っ込みを入れたくなる時がある。でも言ったら最後、彼の機嫌が悪くなるのは間違いないので、これから先も口が滑らない限り彼に言うことはない。

「ご安心ください。こう見えても彼の冒険者ランクはCランクです。私はAランクですのでそちらのお手を煩《わずら》わせることもないかと」

冒険者ランクはFからA、その上にSランクがある。Sランク所持者なんて見たことがないけれど、お父様やお母様なら難なく取得できるのではないだろうか。

ただ、リオンがAなのに対して私がCというのが少し腑《ふ》に落ちない。リオンとギルドに入った時期もそう変わらないし、一緒に行動しているのに……。むぅ。

「……そうでしたか。今回の事で少々神経質になっておりまして、申し訳ありません」

「お気になさらず。ところで依頼の内容は『生贄の護衛』ということでしたが」

「ええ、実は……」

村長の話によれば、最初はたわいもない出来事だったと言う。

それは二週間程前の夜のこと。移転してもう誰も寄り付かなくなった廃れた聖堂から突如轟音が聞こえてきたらしい。ただ、その時は聖堂が老朽化してどこかが崩れ落ちたのだろうと誰もが思い、さして気に留めなかったそうだ。だが翌日になり、念のため村人数人でその聖堂に調査しに行ったところ、巨大な爪痕が建物の至る所に付けられていたらしい。人がなせる痕とは思えず、魔物が現れたのだと慌てた村人は急いで戻ると、すぐに然るべきところに連絡を入れたのだとか。その後、報告を受けた村の自警団とこの領の私兵団が派遣されて、数日にわたり聖堂周辺を大調査したそうだが、その甲斐むなしくなんの手掛かりも得られずじまいだったそうだ。するとその数日後、村の広場に一枚の紙切れが落ちていたと言う。

「それがこちらです」

そう言いながら村長がリオンに紙を差し出す。それをリオンが断りを入れながら受け取り、読み終えるとそのままこちらに回してくれた。

その紙を受け取り、即目を落とす。

『次の新月の夜
忘却の聖堂の祭壇に
純真無垢な愛し子を贄《にえ》として捧げよ
さもなくば我が不興を買うことになるだろう』

その内容に思わず眉根を寄せる。すると、隣のリオンが声をかけてきた。

「どう思う?」

「……怪しいね。君も言っていたじゃないか、女神がそんなことをするはずがないって。だから女神が生贄を望むはずもなければ、こんな紙を用意するはずもない。それに、この内容……なんか引っかかるんだよね」

「お前もそう思うか?」

「うん。どこがって聞かれるとなんとなくとしか言いようがないけれど……」

そう言って眉間の皺を更に深くする。

「私どもも最初はそう思ったのですが、そうとも言いきれないんです」

私たちの会話を黙って聞いていた村長が、突如会話に割って入ってきた。その表情はどこか釈然としないといった感じである。

その村長の様子に、リオンが「何か問題が?」と尋ねれば、村長は「私は納得がいかないのですが」と前置きをしながらも話をしてくれた。

「実はこの紙を見つけたあとすぐに聖堂に行ったのですが、たった数日前に聖堂の至る所に見られた巨大な爪痕が、まるで最初からなかったかのように跡形なく消えていたのです。幻覚魔法かとも思われたのですが確証も得られず、村の一部の者は『女神の御業』と言い出す始末で、どうにも判断がつかずこうして護衛をお願いするという形でようやく皆が首を縦に振ってくれたんですよ」

それを聞いて首を傾げる。

私の勘ではこれは人の仕業だと告げている。ただ、実際にその場にいたわけではないので、そうだと断定することもできない。とはいえ、『女神の御業』か？　と言われれば、それもどうかと思う。本当に女神が関与しているのなら、姿を見せれば済む話なのだから。それに、ほかに気になることもある。まずはその一つを村長に聞いてみるとしよう。

そう考え口を開きかけた時、私の考えをまるで読んでいたかのようにリオンが口を開いた。

「話の流れはわかりました。しかし何故我々なのです？　わざわざギルドに依頼しなくてもこの村には自警団もありますし、そもそも、おおもとの領主に願い出ればよかったのではないですか？」

「言いたいことはわかります。私もそのように行動しましたから。ですが、村の自警団は先程も言いましたように『女神の御業』説を信じる者が意外と多くて逡巡《しゅんじゅん》してしまい、ならば、と領主様に奏上したのですが『寝言は寝て言え。調査に私兵団を派遣したのだから充分ではないか』と一蹴されてしまい、挙句の果てには『生贄の娘を差し出してやればいいだろう』と言われて……」

村長の言葉に目を見張る。

「え？　領主がそんなこと言ったんですか？　領民を守るのが領主の務めじゃないですか。それを一蹴したうえにそんなこと言うなんてありえない。確かここら辺一帯を治めているのはグラティア伯爵、でしたよね？」

「ええ、そうです」

「（あんの狸《たぬき》め……城じゃ好々爺ぶっていたくせに！）」

「なんか言ったか？」

思っていた以上の酷い返答に、眉を顰《ひそ》めてつい本音を漏らしてしまった。だが、呟くくらいの声だったためか隣にいたリオンの耳にすら届かなかったようで、リオンが聞き返してきた。そのため、慌てて猫を被り直す。

「いいや、全然？」

「そうか？」

リオンは不思議そうな顔をしながらも「気のせいか」と言って無理矢理自分を納得させていた。その姿を見ながら、眉根をこれでもかと寄せたまま思案する。

本来ならこのようなことが罷《まか》り通ってはならないのだが、現時点でそれが起こってしまっている。しかも、グラティア伯爵が絡んでいるとは。意外すぎて言葉にならない。

ここら辺一帯は王都に近く、本来ならば公爵家や侯爵家が治めてもよいくらいの土地である。だが、以前この地を治めていた公爵家が相続する者がおらずに断絶すると、この地は王家の直轄地となった。その後、功を成した数代前のグラティア卿が当時の国王陛下から伯爵位とともにこの一帯を賜り、以来伯爵領として統治してきたのである。

そんな経緯もあって、グラティア伯爵家は代々王家から厚い信頼を得ていたし、クリストフォルフ殿下も伯爵に対して好印象の御仁だとおっしゃっていた。

その認識が覆ったとなると、これは早々に懸念事項としてお父様に報告しなければならないだろう。あ、でも……。

そこまで考えて、ふと自分の状況を思い出す。そうだった。私は現在、逃げている最中だった。

エミーリエに言付けは頼んだが、自分の口からは何も言っていない。だから本当ならば、すぐに戻って謝罪や説明をしなくてはならないのだ。だというのに、私は『逃げなくては』という気持ちに囚われて周りが見えていなかった。『どうにでもなれ』という気持ちがあったのもある。

今となってはそれらを思い出す度に、何故あんなことをしてしまったのだろうと頭を抱えそうになるのだが、過ぎたことは仕方がない。帰ったら平身低頭、ただひたすら謝るのみ。

とはいえ、さすがの私も事件に片足を突っ込んだまま帰るような、そんな無責任なことをするつもりはない。したがって、帰るまでには今しばらくの時間がかかるだろう。

「ところで、護衛の対象となる生贄の方はどなたなのですか?」

リオンの言葉に思考を戻され、いつの間にか俯《うつむ》いていた顔を上げる。私が物思いに耽っている間に二人の話はそれなりに進んでいたようだ。

「この村で女神の愛し子、すなわち魔力を有する者は我が家の者しかおりません。その中で純真無垢の言葉に当てはまるのは私の娘のみです」

そう言って村長が後ろに控えていた執事に何やら告げる。直後執事はそのまま部屋を出ていき、しばらくして一人の少女を連れて戻ってきた。

その少女はまだあどけなさを残した可愛らしい顔立ちをしていた。身長は私より頭一つ分程低く、おそらく私より三、四歳くらい年下だ。

「初めまして。村長の娘のカテリーネと申します。わたくしの護衛をしてくださる方たちだと伺いました。よろしくお願いしますね」

「リオンと申します。こちらが相棒の……」

「ルディです。お会いできて光栄です」

私の隣に立ち、スカートの両端を軽くつまんで優雅にお辞儀をする少女に、リオンとともにその場に立って挨拶をする。その際、片膝をついて少女の手を右手で掬《すく》い上げると、その甲に触れるか否かの口づけを落とした。少女が頬をほんのりと赤く染めて微笑む。

それが終わりリオンに顔を向けると、彼は『呆れた、何やっているんだお前は』とでも言いたげな表情で肩をすくめてこちらを見ていた。そんな彼ににこりと笑って返す。

彼女くらいの女の子は騎士というものに憧れるお年頃だ。私は自分自身が強かったし、お妃教育の所為もあってかそういったものに憧れることは残念ながらなかったけれど、一度こういうのをやってみたかったのだ。いやぁ、満足、満足。

カテリーネと名乗った少女は嬉しそうに村長の隣に腰をかける。それを合図とばかりにすぐに話し合いが始まった。だが話し合いの最中、始終彼女にちらちらと見られていたような気がする。私の自意識過剰だろうか？　……ま、害はないしいいか。

そんなカテリーネ嬢は、二言三言発言して部屋を辞していった。とはいえ、それなりに時間は過ぎていたようだ。

もう十分説明は聞けたし、多少気になることもある。それにこの目で現場を見ておきたい。リオンも同じことを思っていたのか、目が合うとどちらからともなくこくりと頷いた。

「我々は一旦ここで失礼します。宿をとらなくてはなりませんし、現場も見ておきたいので……」

「でしたら邸にお二方の部屋をそれぞれ用意いたしましょう。現場に行くにしても案内人が必要でしょうし、そちらの方も声をかけておきます」

「何から何までありがとうございます」

リオンが村長に暇を告げると、村長が依頼を受けている間部屋を用意してくれると言ってくれた。しかもありがたいことに、私とリオンの部屋は別々だ。一緒だったら苦労するところだったので、心の中でほっと胸を撫で下ろす。

案内人も用意すると申し出てくれた村長にお礼を述べると、私たちはさっそくメイドに案内されてしばらく滞在する部屋に向かった。

情報収集

「な？　可愛いんだから問題ないだろ？　いい加減了承してくれよ」

「いやだね。それに可愛いって言われて君は嬉しい？」

「俺なら屈辱だな」

「でしょ？　だからやらない」

「そう言うなって。別に減るもんじゃねぇだろ？」

「いいや、減るね！　僕の中の大事なものがごっそりと削り取られるね！」

村長の邸のとある一室。二人の攻防は今まさに熾烈を極めていた。

時を遡《さかのぼ》ること数刻前。

王都の南に位置するグラティア伯爵領。その北側に存するイェル村に到着した私たちは、村長から詳しい話を聞いたあと、正式に依頼を受けることにした。その際、村長のご厚意で部屋を用意してもらえることになり、それに甘えることになった。

メイドに案内されて部屋に入り荷物を置くと、そのまま邸をあとにする。

村長にはあらかじめ調査をすると告げていたこともあり、既に案内係として村役場の役人が派遣されていた。邸を出たところでその役人に声をかけられ、軽く自己紹介をしてそのまま三人で村の東側に位置する旧聖堂に向かう。

聖堂は二十年程前に移転しており、それ以降旧聖堂に足を運ぶ者はほとんどいなかったらしい。そのためだろうか、廃れた聖堂に続く道は草が鬱蒼《うっそう》と生い茂り、あまり手入れがされていなかった。その道をリオンと案内係の役人――フランツさんというらしい――と三人で、手掛かりとなり得る情報はないか世間話を交えながら歩く。

そうして、十分程歩いたところで件《くだん》の聖堂に到着した。

誰も足を踏み入れることがなくなった所為で聖堂はだいぶ老朽化しており、汚れた白い壁は蔦《つた》に覆われ、所々崩れかけていた。だが、話にあった巨大な爪痕らしきものは、ぐるっと一周見て回っても何一つ見当たらない。

「本当にあったのか？」

「ええ、この目でちゃんと見ましたよ」

「どこら辺にどんな感じであったんですか？」

「確かここら辺にこのくらいの大きさでこんな感じの……」

フランツさんは壁の一部分を指し示し、身振り手振りで形状を伝えてくれた。それにより、爪痕の巨大な姿が浮かび上がってきた。フランツさんが示したのが正しいとなると、かなり大きく、歪《いびつ》な痕のようだ。

しかし肝心の痕がない。試しに彼が示した辺りに手を当てて魔力の痕跡を辿ってみる。

……うーん。何も感じない。でもなんか引っかかるのよね。

爪痕が幻覚だったのか、消えたのが幻覚だったのか、二つのうちのどちらかだと思ったのだが、結果はどちらでもないようだ。となるとやはり『女神の御業』というものなのだろうか。ここまで謎だとそう思えてしまう。

だが、なんだろう。先程から何かが引っかかる。でも、それが何なのかがわからない。あと少しで掴めそうなのに。

「どうした？　さっきから黙り込んで」

「え？　ああ、ちょっと……」

どうやらだいぶ考え込んでいたようで、俯いていた私にリオンが声をかけてきた。その声にのろのろと顔を上げ、リオンを見る。

「なんかわかったのか？」

「いや……。なんか引っかかるんだけどよくわからなくて」

「考えるなら立っているよりどこかに座った方がいいんじゃないか？　中に備え付けの椅子くらいあるだろう」

「んー。中より外の方がいいかな。天気がいいし風も心地いいしね」

そう言って、崩れた外壁の一部が転がっているところに行き、平たくて座りやすい瓦礫《がれき》を選んで腰を下ろす。肌にひんやりとした冷たさが伝わり跳ね上がりそうになったものの、それもすぐに慣れた。

そうして、時折吹く風に頬を撫でられながら、しばらくの間無言で辺りを眺める。

聖堂の周囲は、手入れがされていなかった所為か木々が伸び放題で、今にも聖堂を覆い隠さんばかりである。実際聖堂に着くまで草木以外は何も見えなかったので、歩いていたら急に聖堂が現れる形となってちょっと驚いたのはここだけの話だ。

なんの気なしに遠くへ遣っていた視線を少し手前の外壁に移す。外壁は聖堂の比ではないくらいに崩れ落ちていた。今私が座っているのもその崩れ落ちた壁の一部だ。本来の機能を疾うに失い、壁の外側に生えている草花まで見ることができる。草花は風に優しく揺れており、その周りをひらひらと蝶《ちょう》が舞う。

それを心穏やかに見ていたが、次の瞬間、私は勢いよく目を見開いた。

「……!!」

「ルディ？」

「どうかなさったのですか？」

リオンとフランツさんが私の表情に気付いたらしく、どうしたのかと尋ねてくる。だが、それに返事をする暇《いとま》すら厭《いと》い、すくっと立ち上がると足早にある場所に向かった。

そこは、ほかのところとなんら変りのない場所だった。けれど、私にとっては違う。特別な場所だった。

……ああ、やはりそうか。とするとここら辺にあれがあるはず。

首を左右に動かして辺りを探る。すると、すぐに思っていたものが見つかった。なるほど、そういうことだったのね。

私の突然の行動に驚いた様子のリオンとフランツさんだったが、私がある一点で立ち止まり何かを見つけたことに気付いたようで、ゆっくりこちらに近づき再び問うてきた。

「ルディ、どうした。何かあったのか？」

「うん。わかったよ。もうここに用はなくなったから話しながら帰ろうか。ああ、でも一応中も見てく？」

「中に入るならどうぞこちらへ」

そう言ってフランツさんが、腰に吊るしていた鍵束の中から聖堂の鍵を取り出し解錠する。取っ手に手を添えて手前に引っ張れば、扉は番《つが》いの部分が錆《さび》ていたのか、ギシィ……と軋《きし》むような音を立てながらもゆっくりと開いた。

フランツさんに「どうぞ」と促されて入った聖堂は、霊験《れいげん》あらたかな気がいまだに満ちているようで、ぴんと張り詰めた空気が感じられた。特にそれが顕著だったのは祭壇の後ろに置かれた大地の女神ヴェルテディアの巨大な石膏像だ。女神像は放置されていたというのに傷んだ箇所もなく、まるで私たちを見守ってくれているかのように美しい笑みを湛えていた。

その女神像から手前に視線をずらす。埃《ほこり》をかぶりあちこち腐敗してしまった木の椅子や、辛うじて原型を留めている明かり窓が見える。上を見れば所々に穴が空いており、そこから太陽の光が射し込んでいて、あたかも宗教画のような神秘的な情景を創り出していた。

「あそこか」

「そうみたいだね」

リオンの視線の先にある祭壇を見て、生贄の少女を捧げる場所を確認する。とはいえ、生贄の少女を危険な目に遭わせるわけにはいかないので、代役を用意するつもりだ。ある程度戦える村の見習い兵士か新米兵士あたりがいいだろう。今はまだリオンにすら話していないため、あとで話し合う必要があるけれど、おそらくリオンはこの案を考えていると思うのであっさり受け入れられるはず。

「そろそろ行こうか」

軽く聖堂の中を見渡し、だいたいの間取りを頭に入れたため、もうここに用はない。ゆえに村に戻ることにした。

村までの道は、木々や草花に覆われてはいるものの、分かれ道すらない一本道なので迷子になることはない。よって、なんの心配もせずに村に向かって歩いていた。だが——

「煙？」

木々の合間から空へと立ち上る一筋の煙が見えた。位置関係から推測するに、煙が立ち上っているのは南西の方角だ。

「フランツさん、あれ火事じゃないですよね？」

「どれですか？　ああ、あれはおそらく野宿する人が熾《おこ》した焚《た》き火の煙でしょう」

「野宿？」

「ええ。旅費を抑えたい方が村には泊まらずあの辺りで野宿をするんですよ。隣町に続く街道があの辺りにありまして、脇道に逸れると野宿するのにちょうどいい場所があるんです」

「なるほど。なら心配する必要はないですね。ところで野宿する人って多いんですか？」

立ち上る煙が火事ではないことにほっと胸を撫で下ろしつつもそこで話を終了とはせずに、何気なく続けて振ってみる。

「そんなに多くはないですね。ここは村ですので宿泊費は高くないですし。あれ？　でも昨日も煙が上っていましたね。連日なんて珍しい」

「いつもはどのくらいの頻度で？」

「詳しく調べたわけではないので大まかにですが、週に一回……多くても二回くらいじゃないですかね」

「おい、ルディ」

「うん。あ、フランツさんここでいいですよ。案内ありがとうございました」

有力な情報を引き出そうとしたわけではない。私は単に世間話をしただけだ。もし事前に何も知らされていなければ、その話はただの世間話で終わっていただろう。けれど、今回の事件を調べていた私たちには、調べる価値のある情報として齎《もたら》された。やはり世間話はしてみるべきである。

村の入り口でフランツさんと別れ、リオンと二人で聞き込みに入る。入り口や広場にいた村人に例の煙について片っ端から尋ねてみると、実に面白いことがわかった。村人曰く、「三日前に見たわ」とか「俺は五日前くらいだったかな」とか、煙についての情報が出るわ出るわ。そうして得られた情報を照らし合わせてみたところ、毎日煙が上っていたことが判明した。

「当たりだな。今からそこへ行くか？」

「やめておこう。数がわからないし危険だよ」

「慎重だな」

意外そうな顔でこちらを見るリオン。彼は私をなんだと思っているのか。だが、いちいち怒っていても何も始まらないのでさらりと流す。

「まあね。それじゃあ、そろそろ戻ろうか」

「そうだな。戻ったら話すが俺に一つ案がある。いろいろ考えたが、単純明快で誰もが納得できる策にしようと思う。成功する確率はかなり高い」

「たぶん僕が考えているのと同じかも。実に単純で確実なやつ。村長さんと所々の打ち合わせを密にすれば更に確実になると思う」

こうして、満足のいく回答を得られた私たちは村長の邸に戻った。

戻ってきたら調査の内容がどうであれ報告してくれと村長に言われていたので、出迎えてくれた執事に村長への言伝を頼む。すると執事は二つ返事のあと、側に控えていたメイドに指示を出し、その場を去っていった。私たちはその場に残っていたメイドの案内で、先程の応接室に通される。

先程と同じ席に着き村長を待っていると、村長は存外早く執事を連れて部屋にやってきた。

村長が私たちに労《ねぎら》いの言葉をかけつつ席に着く。それを合図に、リオンが旧聖堂に行った時の話や、帰る時に見た煙の話を事細かに説明した。ただし、魔法に関する説明だけは私が行なった。多少扱えるとはいえ、リオンは魔法に関して門外漢だ。爪痕の件で私が気付いたことは邸に戻る道すがらリオンに説明しているが、より詳しく説明するには私の方が適任と言えるだろう。

そんなわけで私が村長に説明をしたのだが、村長も魔力持ちのためかすんなりと説明を理解してもらえ、早々にこれからの対策に話が移った。対策の話をするのはもちろんリオンだ。先程言っていた策を提案するようである。

私？　私はもちろん聞き役よ。時々は口を挟ませてもらうけれどね。

「さて、今回の作戦ですが、当初の予定通り護衛をする方向で行こうと思っています。ただし、生贄は代役を立てましょう」

「では、娘が生贄になる必要はないんですね？」

「ええ。ご令嬢を連れていくより戦える者の方がこちらもやりやすいですしね」

「提案なんですが、代役は見習いの兵士か新米兵士あたりが体格的にもいいかと。ベテランで小柄な兵士がいればその方がいいのですが……」

「いや、下手に代役を見繕うよりも身近に適任者がいる」

「え？」

「適任者、ですか？」

リオンがこちらに顔を向ける。

あ、なんか嫌な予感……。

「ルディ。お前が生贄の少女になれ」

「やっぱりぃっ!!　なんで僕が！　断固拒否するっ！」

「そう言うな。下手な代役よりお前の方が戦えるし、武器がなくても魔法でなんとかなるだろう？

魔力持ちも条件に合うしな」

「だからって嫌なものは嫌だ！」

「安心しろ。心配することは何もない」

「そういうことじゃないんだってば！」

予感は見事に的中し、私が生贄役に抜擢された。が、こっちは性別を偽って逃げている最中である。万が一私の正体がばれてしまったら、即行で公爵邸に送られてしまう。殿下とのことだってどうなっているかわからないし、ありえないとは思うが下手したらそのまま拘束されてしまうかもしれないのだ。冗談ではない。できるものならば回避をしたい。

ただ現在、少々押し切られそうな雰囲気だ。とはいえ、たとえ最適解が私であったとしても、そう簡単に折れてなるものですか！

――そして先程の会話に戻る。

「なあ、お前だってわかっているんだろ？　これは依頼だ」

「うぐっ……。わ、わかっているけど」

「わかっているなら話が早い。もちろん俺が興味本位で言っているんじゃないってことも理解しているな？」

「う、う……」

「ほかに代替案があるなら聞くが、今の案より成功率高いんだろうな？」

「…………」

「さてルディ、もう一度聞こう。生贄役をやってくれるな？」

「あーもうっ！　わかったよ！　やればいいんでしょ、やれば！　その代わりやるからには徹底的にやるからね。決行の日まで時間もあるからそれを存分に使わせてもらうよ。それと村長さん」

「は、はい」

私が勢いよく村長の方を向くと、村長は肩をびくっとさせて声を上ずらせながら返事をした。いけない、驚かせてしまったか。反省しながら口を開く。

「一人こちらに呼びたい人がいるんですけど部屋を用意してもらってもいいですか？　できれば近い部屋がいいです」

「でしたらルディさんの隣の部屋を用意しましょう」

「ありがとうございます。それとあとで手紙を書きたいのですが」

「わかりました。用意させましょう」

「重ね重ねありがとうございます」

最初から私以上の適任者などいるはずがないとわかっていた。でも、そう簡単に折れたくもなかった。それに避けられるものならば避けたかったし。だから抵抗したのだが、私にしたら粘った方ではないだろうか。押し問答を始めて三十分は経過しているもの。

けれど、結局押し切られてしまった。もうこうなったら仕方がない、任務と割りきって諦めよう。

そして、リオンのお望み通り女装――元々私は女性である――をして差し上げようではないか。

とはいえ、何度も言うようだが私は望んで女装をするわけではない。回避したい気持ちは本当だ。

ただ、心のどこかでもう一度だけあの姿になりたいと思ってしまった自分もいる。だから、吝かではあったものの、完全には拒めなかった。

だが、女装をすれば私がマルティナだと誰かに気付かれてしまう恐れがある。今から私がすることは、はたして危険を冒してまですることなのだろうか？

そう疑問には思ったけれど、こうなってしまった以上あとには引けない。今更やっぱり嫌だ、辞める、とは言えないだろうし……。となると、ここは女装をする方向で行きつつ、ありとあらゆる状況を想定していろいろと対策を練った方が現実的だ。

幸いこの村に私の存在を知っている者はいない。決行は夜なので、面が割れる恐れはほぼないと言ってもよいだろう。もし見つかったとしてもすぐに化粧を落とし、ルディの姿で堂々としていればごまかすことも可能ではないだろうか。

ほかにも考え得る事態を想定し、一つ一つ解決策を用意する。そうして、でき得る限りの想定をし終えてようやく考えが纏まった。

よし、あの姿をしよう。彼女を呼び寄せて、誰が見ても完璧だと言うような『女装』をしよう。

そう決心し、心の中で力強く頷いた。

なお、私が人を呼ぶと言った時、リオンが「呼ぶって誰を？」と言って不思議そうにしていたが、そこらへんの事情を詳《つまび》らかにするつもりはない。彼女が来たら名前は伝えるつもりだけれど、とりあえず今は「その道のプロだよ」と言ってごまかしておいた。まあ、彼女を多少知ることができたとしても、公爵令嬢には辿り着けないだろうし、私も万全を期すつもりだが。

ともあれ、村長に挨拶をし、各々あてがわれた部屋に戻る。すると、さして時間を置かずに執事がレターセットを持ってきてくれた。

執事に礼を述べ、彼が去っていったのを確認してすぐさま手紙を書く。黙々と手紙を書き続け、書き終えたものを封筒に入れて最後に封をする。必要な事柄だけを書いたつもりだったが、封をし終えてみればその分厚さは異様なものだった。

……警戒されて受け取ってもらえない、なんてことないわよね……？

少し心配になった私は、封筒の裏側に当初書くつもりはなかった差出人の名を書くことにした。ただし本名はまずいので、見る人が見れば私だとわかる抽象的な名にする。これで私だとたぶん気付いてくれる……はず。

書き上がった手紙は執事がすぐに届けてくれると言うので、至急と告げて届けてもらった。

そうして手紙を送って三日後。その手紙を握りしめた、それはそれは良い笑みの一人の女性が、私にあてがわれた部屋の入り口の前に立っていたのだった。

公爵令嬢女装をする

扉を開けると、そこには六日ぶりである私の侍女の姿があった。当然ながら彼女はお仕着せを着ていない。それが少し不思議な感じもする。

「元気そうだね、イルマ。といっても数日しか経っていないんだけどね」

「な、な、な……マ……ルディ様⁉　その髪はいったい！」

イルマはこれでもかというくらい目を見開き、口をぽかんと開けて私の顔を凝視する。そして私の本名を呼び……そうになったのを私が即座に目で制した。

誰が聞いているかわからないため本名呼びはよろしくない。実際、どこからともなく視線を感じるのだ。村に着いてからはないものの、ギルドから村に来るまでの間には確かにあった。

とはいえ、それは私がお母様に心身ともに鍛え上げられていて一般の人と感覚がずれているからわかる話であって、普通のご令息やご令嬢はまず視線に気付かない。視線の主からしてみれば、私の方がおかしいのだ。でもまあ、それはともかく。

彼女を部屋に招き入れ、防音の魔法を展開してから話をする。

「これね……本格的に逃げるために切っちゃったんだ」

「切っちゃったってそんな短く……」

「だからこそのかつらじゃないか。助かったよ」

そう言ってにこっと微笑む。すると、私の髪を見て嘆いていたイルマが急に目をくわっと開いて、私に詰め寄ってきた。

「た……『助かったよ』じゃありません！　いったいルディ様は何をなさっておいでなのですか？　というか何故あの時、私に話してはくださらなかったのですか⁉　それに皆様とても悲しんでおられます！」

イルマの勢いに思わずのけぞる。

「ご、ごめんなさい。その……」

「どうせいつものようにあとさき考えずに動いてしまわれたのでしょう？　最近ではそれも見受けられなくなって、ようやく落ち着かれたと喜んでおりましたのに」

「うっ……」

は、反論できない。耳が痛すぎる。

極まりが悪くて目を泳がせていたら、イルマが「ま、いいですけどね」と言って拗《す》ねてしまった。これはいけない。慌てて話題を変えようと口を開くも、それよりも早くイルマが口を開いた。

「で、いったい何をなさっておられるのですか、ルディ様？」

「そ、そんなかしこまった口調で言わないでよ。ほかの人がいなければティナでいいわ。マルティナはだめだけどね。で、何をしてるのか、って話ね。まあ、平たく言っちゃえば囮《おとり》よ」

「お、囮っ⁉　何故ティナ様が⁉　危険です！　それに公爵令嬢に囮をさせるなんて」

「ふふ、今の私は公爵令嬢じゃなくてただの冒険者ルディなの。女装して囮になることが決定しただけの、ね」

「女性に女装って……」

「ね。おかしいでしょ？」

本来の口調に戻ると少しほっとする自分がいる。やっぱり長い間性別を偽るのは疲れるようだ。誰もいない時は彼女に愛称で呼んでもらうことにしよう。

……っと、いけない。肝心な話を忘れていたわ。

「そうだイルマ。お父様の様子はどう？　何か言っていた？」

こちらの近況報告は早々に切り上げ、聞きたかった我が家の状況を聞く。特にお父様の様子が気になって仕方がなかったのだ。私がいなくなって倒れたりしていなければよいのだが……。

そんな私の心配をよそに、イルマが表情を変えずに淡々と語る。

「旦那様ですか？　私がお暇をいただく時もお元気そうでしたよ。私にお嬢様からの分厚い手紙が届いたことをお知りになり、悲愴感を漂わせてはいらっしゃいましたが。ああ、その際に伝言を仰せ付かりました」

「伝言？」

「はい。旦那様のお言葉をそのままお伝えいたしますね。『ティナ、私はとても怒っているしそれと同時に悲しい。お前の母は薄々気付いていていたようだが、私とルーは寝耳に水だったのだよ。何故私たち家族を頼ってはくれなかった？　そんなに頼りなかったのか？　だが、それはもう過ぎたこと。起きてしまったことは覆せない。この先どうするのかはお前自身がよくわかっているだろうし、こちらの尻拭いは済ませてあるから、気持ちの整理がついたら一度我が家に戻ってきなさい。でも、その前に。十一年間よく頑張ったな、ご苦労様。せっかくだからこれを機にそっちでゆっくりしてから戻っておいで。お前が戻る頃には噂も収束するだろう。本当なら護衛を付けたいところだが、お前のことだからすぐに撒《ま》いてしまうに違いない。それでは護衛が可哀想だ。よって怪我と無理だけはくれぐれもしないように。それだけを守ってくれれば少しくらい目を瞑ろう』……だそうです」

お父様……。私が言うのもなんですが、私に甘いですよ。『すぐ』ではなくて『ゆっくり』してから戻ってこいだなんて。まあ、そのおかげで気が楽になったのだけれども、何から何まで至れり尽くせりで頭が上がらないわ。

「イルマ、お父様の言葉はそれで全部？」

「はい、ティナ様。一言一句、相違ありません。ティナ様のお側にいるのならばこのくらいはできなくてはなりませんので努力いたしました」

は？　一言一句って……イルマの能力、おかしすぎない？　さすがに一息では無理だったけれど、お父様の口調そのままに最後まで噛むこともなくスラスラと言いきったわよ？

「イルマ……それ、私どころか普通に陛下のお役に立てるわ……」

「とんでもございません。私はティナ様の侍女ですので、ティナ様以外の人のために能力を発揮するつもりはございません」

「……。まあ、いいわ。お母様たちの方はどうなの？　なんか言ってなかった？」

「ルートヴィヒ様はお帰りが遅かったのでお会いできませんでしたが、奥様ならば言付かっております。『身、一つで出ていったからにはそれなりに強くなって戻ってくると信じています。次の手合わせの時に然程強くなっていなかったら許しませんよ？』……だそうです」

「………………」

どこから突っ込めばよいのやら。お母様の発想が脳き……武人のそれであり、さすがとしか言いようがない。この話は触れずに流すのが得策かしらね。

「そういえば先程のお父様の言葉にあった『噂』というのは何？」

「あ、忘れておりました。ティナ様、婚約ですがなくなりました」

「……は？」

「ですから、王太子殿下との婚約は白紙に戻りました」

イルマの言っていることに思考が追いつかず、間の抜けた声で聞き直す。婚約の解消が予想よりも早くて少々驚いたみたい。そんな私にイルマが一から詳しく説明してくれた。

その話によると、エミーリエが暴走したらしい。彼女にお願いした時に、なんとなくそんな気がしたので『穏便に』と頼んでおいたのだが、結局は大暴走したようで……。

まあ私としては、私の評価を下げることなく守ってくれたので、彼女に対して物凄く感謝している。ただ、殿下からしてみれば顔が引き攣りそうな状況だったのではないだろうか。よそ行きの張り付けた笑みが崩れたであろう彼《か》のお姿が目に浮かぶ。

そんな殿下へのとどめの一撃はお父様からの婚約白紙宣言だそうだ。卒業パーティーの会場で報告されたらしいので、今頃王都中に知れ渡っているとみてまず間違いないだろう。

それは一見私が不利のようにみえるけれども、実際は私よりも殿下の方にダメージが入っているのでそこまで気にする必要はない。

ただ、問題はこのあとだ。私は貴族の役目をすべて放棄したつもりはないため、ほとぼりが冷めたら邸に、ひいては貴族社会に戻るつもりでいる。近頃は恋愛結婚が増えてきたので一概にそうとは言えないけれど、貴族女性の最たる役目と言えば家の利益を重視した結婚だ。だが、現在私に婚約者はいない。ゆえに、これから婚約者を必死で探さなくてはならない。好条件の人はもう皆婚約済みのはずだから。となると、帰ったあとは夜会やお茶会に参加しまくる必要がある。これは相当骨が折れそうだ。

でも本音を言えば、両親のような恋愛結婚がしたいし、この逃げている間に小さくてもいいから幸せを見つけたい。しかし、現実はそう甘くない。お父様がゆっくりしていいと言っているので、もうしばらく羽を伸ばさせてもらうつもりではあるものの、ただ時間が延びただけではどちらの希望も達成するのは難しいだろう。

そんなこんなでこれからのことに頭を悩ませていると、イルマがいつもの口調で「そうそう、殿下がティナ様を捜しておりますよ」と聞きたくもなかった情報を齎した。そのため、私の口から

「うげっ！」と令嬢らしからぬ声が漏れてしまった。

いったい殿下は何をしようとしているのだろう。婚約を白紙に戻した今、殿下とはもうなんの関係もないはずだ。だというのに私を捜しているなんて……。

それに私を捜すのは殿下じゃなくてお父様ではないだろうか。お父様のことだから、イルマがこちらに来る際に居場所を突き止めようと『影』と呼ばれる隠密部隊を放ったはず。だからイルマに遠回りして来てもらったのだがうまく影を撒けたのだろうか。……と、考えても仕方がないか。数日間はここから動けないのだし。何かあれば即時対応すればいい。

「ところで頼んでおいたものは持ってきてくれた？」

「はい、隣の部屋に置いてあります。お持ちいたしましょうか？」

「ええ、そうね。このあとみんなにお披露目したいと思っているの。あなたさえよければお願いしてもいいかしら？」

「もちろんでございます。では、まずは湯あみからいたしましょう。久しぶりで腕がなります」

「……お、お手柔らかにね」

そう言ってはみたけれどおそらく無理だろう。私は遠い目をしながら意識をここではないどこかへと飛ばした。

そんなことをしている間に準備が整ったらしい。お湯が冷めないうちに早く入れとイルマにせっつかれ、体と髪を洗う。すると、本来の髪色であるやや金色みを帯びた白金色が顔を覗かせた。

バスタブから上がってタオルで体を拭き、魔法で髪を乾かす。髪は短くなった所為か、あっという間に乾いた。

それが終わると椅子に座らせられ、次の作業に入る。イルマが私の後ろに立ち、髪を丁寧に梳《と》かしていく。櫛《くし》通りが滑らかになったところで、イルマが公爵家から持ってきた専用のオイルをこれでもかと塗りたくる。数日間髪の手入れを怠っていたが、オイルが塗り終わる頃にはすっかり以前に近い状態になっていた。

次に、ベッドに横たわり何種類ものハーブオイルを体に塗り付けて隅々までマッサージする。これが痛いやら気持ちがいいやら……。肌をぐにぐにと揉み続け、五分も経てば体がぽかぽかになった。あとはもう寝るだけね！　……ではなく。

続いてイルマが買い占めてきてくれた染料で髪を琥珀色《ルディ色》に染め上げる。それだけでもうだいぶふらふらだが、生憎これからが本番だ。もっとも、イルマは手際が良く、さっさと進むのでまだ楽な方ではあるけれど……あれ？　マッサージは必要だったのかしら⁇

疑問を抱いて首を傾げているうちに昼食の時間となったので、一旦作業を中断する。昼食は部屋でイルマと摂った。

昼食を終えると、いよいよ目に見えてわかる作業に突入する。

「ティナ様、かつらはこの色、ドレスはご指定のあったこちらのドレスでよろしかったですか？」

イルマが鞄から取り出したかつらはきらきらと輝く亜麻色で、手で掬うとさらさらとこぼれ落ちるくらい手入れが行き届いたものだった。直毛ではあるけれど、私が着用しても違和感はないだろう。

一方、ドレスも私が指定したドレスで間違いなかった。

それは四か月程前、公務で大聖堂を訪問した際に着たものである。基本的に、外交や慰問などで使用するドレスは一度着てしまったら二度着ることができない。ゆえに、このドレスはあとで処分する予定だった。それが今回、こんなことではあったけれど役に立った形だ。

「髪の色、とてもよい色ね。ドレスもこれで間違いないわ。あ、そうそう。かつらで思い出したけど、これ、私の切った髪なの。邸に置いてくるわけにもいかなくて持ってきちゃった。そのかつらを買ったお店で、この髪のかつらを作れないか聞いてもらえないかしら？」

「！　あああ、ティナ様の御髪がぁ……。きっと旦那様がご覧になったら卒倒してしまわれます。……はぁ。とりあえず帰りにあのお店に寄って聞いてみます」

鞄の中から切った髪を取り出し、イルマに差し出す。するとイルマは震えながら私の切った髪に手を伸ばし、更にふらふらとよろめいた。大袈裟だ。それでも作業中だったこともあり、イルマは嘆きつつも髪を受け取り、それを自分が持ってきた鞄にしまって続きを始めた。

とはいっても、まずは服に着替えるところからだ。

「こちらの布はいかがなさいますか？」

イルマが一枚の布を軽く上に持ち上げて尋ねてきた。見ればとても長く、かつ薄い布だった。これは、私が男装する際胸を隠すために覆っていた布だ。彼女はそれをどうするか聞いてきた。おそらく彼女は、この胸を隠すか否かという意味合いで聞いてきたのだろう。ならば私の答えは一つだ。

口角を上げ、嫌になるくらい様になる笑みを浮かべる。まさに悪役顔というべき顔だ。

きつい顔の私がこの表情をすれば何か企んでいる、と容易に想像できるだろう。その通りだ。私はリオンに意趣返しをしようと思っている。

「うふふ、その布は必要ないわ」

「それではしっかりとコルセットを締め上げなければなりませんね」

「コルセットを締めるのは結構力が必要よ。あなた一人で大丈夫？」

「お忘れですか、ティナ様。いつもティナ様のお支度はこの私が一人で行なってきたのです」

「ふふ、そうだったわね」

イルマをちらりと見ると、彼女は自信に満ちた表情で、造作ないと力強い返事をしてくれた。

頼もしい返答を得られた私は、隣の部屋にいるだろうリオンへと視線を向ける。

……見ていなさい、リオン。私があなたの好奇心の糧にされたこと、気付いていないとでも思っていて？　興味半分で私に生贄役を押し付けたことを後悔させてあげる。存分に戸惑うがいいわ！

そうして私は浮かべていた笑みを更に深くした。その瞬間、イルマの遠慮のない締め上げが――

「ぐぇっ！」

「ティナ様、もう少しお淑《しと》やかな声をお出しくださいませ！」

……怒られた。だって仕方がないではないか。苦しいものは苦しいのだから。

締め付けに耐えきれずついカエルのような声を出してしまったけれど、その甲斐あって胸の形が整っていく。たゆんと揺れる胸は、露出するドレスではないので本物だとばれることもないだろう。

ようやくコルセットの締め上げ作業が終わり、今度は先程イルマが出してくれたドレスに着替える。それはハイネックのロング丈ワンピースドレスで、肩の部分が軽く膨らみ、袖先に向かって段々と細くなっているデザインだった。首元は太めのリボンを手ずから結ぶようになっており、襟と裾と袖には手編みのレースがあしらわれ、胸元には緻密な刺繍が施されてある。色は青みがかった白で、丈は足首を隠すくらい長い。

生地はやや光沢のある無駄に良いものを使用しており、仕立ても立派なことから、見る人が見れば高級品だとわかってしまう一品だ。とはいえ、そこはなんとかごまかすつもりだ。

そうこうしているうちに着替えが終わる。

オーダーメードなので、ドレスのサイズが合わなかったらどうしようかと少し心配したが、まだ四か月しか経っていなかったこともあって杞憂《きゆう》に終わった。

着替えが終わったので先程の椅子に座り、イルマが買ってきてくれたかつらを被る。違和感のないよい色だ。

被せたかつらをしっかりと地毛に固定し、ちょっとやそっとではずれないようにする。髪型はハーフアップにして少し複雑に結わえてもらうことにした。いつもながら素早く丁寧で、なおかつとても綺麗な仕上がりだ。ただちょっとだけ真っ直ぐな髪に違和感があるけれど、それもそのうち慣れるだろう。

髪が終わったので次はいよいよ化粧に入る。

「ティナ様、化粧はどのようになさいますか？」

「このドレスだし『月の妖精』で行くわ。今回でこの化粧も最後よ。あなたの集大成を見せてちょうだいな」

「かしこまりました。私の持ち得るすべてを込めて『月の妖精』を施させていただきます」

そう言ってイルマがドン、と胸を叩く。実に頼もしいことだ。

私が今回イルマを呼び寄せてまで『月の妖精』の姿をしようと思ったのは、私の中で決着をつけるためだ。……と大仰に言ったが、とどのつまり『月の妖精』の姿も自分なのだと納得したかったがため。ただそれだけだ。

そもそも『月の妖精』は、殿下と初顔合わせをした際、私の顔を見た殿下が「あなたの顔はきつくて嫌だ！」と文句を言ったことから生まれたものである。殿下の発言により、何故かその場にいた侍女の負けん気に火がつき、それから私の目尻が徐々に下がっていった。すると、私のきつい印象は正反対の印象へと変わり、遂には人々から『月の妖精』と呼ばれるようになったのである。

それ以来、私はずっと作られた顔で社交をしてきた。それが悪いわけでは決してない。ただ、作られた顔を見た人々が勝手にその顔に見合った『マルティナ像』をつくり出し、それがあろうことか独り歩きをしてしまったのだ。

つくられた『マルティナ像』は、私の手を離れてどんどん別人になっていく。私なのに私ではない。私らしく振舞うこともできない。その状況は私にとって、とても居心地の悪いものになっていった。

あまりのつらさに、殿下にすべてを告げて本当の姿に戻ってしまおうと思ったことも何度かある。

しかし、告げたことにより何かしらの騒動が起こってしまうのではないか、との思いが頭を過り、そんなことになるくらいなら本当の姿を隠しそれを一生貫き通せばいいのでは、と考えてしまい、結局言い出すことができなかった。

けれど、本来の私はあんなにおとなしくない。いろいろと我慢の限界だった。

そこにあの騒動だ。十年以上にわたり溜まり続けたいろんなものが一気に噴出して、何もかもがどうでもよくなった。結果、冷静さを取り戻して頭を抱えるはめになってしまったというわけである。

だがこれは逆に、本当の姿に戻るよい機会ではないだろうか？

なにせ私は限界だったのだ。これ以上自分の心を偽るくらいなら本当の姿に戻り、一騒動起こった方がはるかにましだ。

ただし、本当の姿に戻れたとしても蟠《わだかま》りが残っていたら意味がない。まずはあの姿も私なのだと私自身が納得しなければ。あの姿を自分ではないと切って捨てるのは以ての外だ。今までの努力や培ってきたことは決してあの姿だけのものではない。もとは同じ私なのだ。

でも、理解はできても納得がいかない。ならばどうするか。簡単な話だ。おとなしいあの姿に納得がいかないのなら、あの姿で素《す》の自分を曝け出してしまえばいい。そうすれば、あの姿も私なのだと認識され、納得もできるはず。極論ではあるけれど、手っ取り早い方法だ。

ただ、イルマの話を聞いてからは少し意味合いが変わっていた。婚約が白紙に戻ったことにより心が軽くなって、もう一生する必要がなくなったあの姿に、納得したうえできちんとお別れがしたくなったのだ。

とはいえ生贄役に指名された当初は当然そんな考えはなく、役を引き受ければイルマを呼び寄せることができる、彼女なら詳しい情報を携えてきてくれるだろう、という己の利しか考えていなかった。

表面上『女装は嫌だ』と言いながら内面がこれである。端からリオンに敵うわけがなかったのだ。

でもなんだか――

「……くやしい」

「は？　なんか言いましたか？」

「なんでもないわ」

うっかり言葉にしていたらしくそれを慌ててごまかしながら、机の上に置かれた鏡を手に取り覗き込む。だいぶ思い耽っていたようで、下地はほぼ塗り終わっていた。

しかし、終わったといってもまだ下地だ。イルマは更に化粧を施していく。

白い肌は粉を薄くはたいてよりいっそう白く、薔薇色のチークはほんのりと頬に。睫毛は派手にならない程度にカールさせ、縁取りをした目元にナチュラルな色合いのアイシャドーをのせる。すると、あんなにつり上がっていた目はあっという間に垂れ下がった。仕上げに輪郭をとった唇に優しいピンクの口紅を刷く。

こうして少々髪の様子が違うものの、慣れ親しんだいつもの私になった。私であって私ではない、他者から月の妖精のようだと称される『私』に。

「……」

鏡の向こうの私を無言で見る。何もしていないのに今にも泣きだささんばかりの、うるうるとした目をしている。それが不思議でならない。

イルマが「さあ、できましたよ」と言って手を差し伸べてくれた。その手に己の手を乗せ立ち上がる。靴は高さのないものを履き、装飾の類は今回不要なので付けなかった。

「いつ見ても素晴らしい出来ね、ありがとう」

「とんでもございません。すぐにティナ様のご用意が整ったと伝えてまいりますね」

「ええ。別の部屋でお披露目をすると伝えてもらえる？　私もそちらへ行きますから」

「承知いたしました」

イルマはすぐに部屋を出て皆に知らせに行ってくれた。それから程なくして戻ってくる。一昨日と同じ部屋で作戦の調整もすることになったようだ。

少しして執事が私とイルマを迎えに来てくれた。

私を男だと思っているのにそれを気に留めない紳士な執事に、「僭越ながらあなた様をエスコートさせていただきます」と言われて手を引かれ、ゆっくりと中央階段を下りる。目的の部屋はこの階段を下りた先の右手側だ。

「ルディ様、こちらでございます」

執事は応接室の前で立ち止まると、こちらに向かってそう言った。その言葉にルディの声音で礼を返す。すると、すかさずイルマがドレスや髪形などの最終確認を行ない、それが終わると「こちらに控えさせていただきますね」と言って私の後ろに下がった。別に一緒でも構わないのだが……でもまあ、本人が固辞するのだから仕方がない。

私の準備が整うのを待ち、執事が中にいるだろう村長とリオンに声をかける。すぐに村長から応《いら》えがあり、執事が一呼吸置いてからドアを開けた。

キィ、とわずかに音を立てて扉が開く。だが、中は全く見えない。それは私が扉から一歩ずれた

場所に立っているからだ。中からも執事の手に添えられた私の手しか見えていないだろう。ただしその手は、執事に比べると小さくて線の細い、少年らしくないものだろうけれど。

執事が私の反対側に一歩ずれ、手を静かに前に差し出す。当然添えている私の手も前方に出され、それに伴い数歩程歩みを進めて部屋の中に入る。足元を見るために下げていた目線をゆっくりと上げて部屋の中を見ると、村長もリオンもこちらに体を向けていた。

二人とも私を見て驚いたような表情を浮かべている。特にリオンはそれが顕著で、目を大きく見開き、口をぽかんと開けて瞬きもせずにこちらを見ていた。身動ぎはおろか声すらも発さない。まるで彼の時が止まってしまったかのようだ。

そんな状態のリオンとばちっと目が合った。ゆえに、いつもこの姿をしている時にする、優しい笑みを浮かべてわずかに首を傾げて見せると、途端にリオンがびくりと肩を震わせた。

ええ……そんなに怯えなくてもいいのに……。

「ル、ディか？」

「ほかに誰がいるの？」

「……ルディだな」

「だからそうだと言っているじゃないか。僕を誰だと思ったの？」

「いや、それは……」

リオンが口をもごもごとさせて言葉を濁《にご》す。

「何？　言いたいことがあるなら言えばいいじゃん！」

「まあ、そうなんだが……」

「いやあ、まさかこれ程とは驚きました。完璧ですね」

「ありがとうございます」

どもるリオンとは真逆で、村長は表情を変えることなく淡々と感想を述べてきた。どうやら及第点をもらえたようだ。というか、もらえなかったら女性として大問題なのだが。

一方のリオンは、どうも私との距離を掴みあぐねているような、そんな雰囲気だった。私に生贄役を押し付けたくせに、これでは先が思いやられる。まったく、困った人だ。

……もう、仕方がないわねぇ。

軽く息を吐くとドレスを軽く摘まみ、わざとルディの仕種でずかずかと彼の前まで行き、困った顔を浮かべる。

「ちょっとリオン、もしかして僕に惚れちゃったワケ？」

「は、はあっ⁉　んなわけねぇだろ！」

「だよねー。だったらいい加減見惚れてないで真面目にやってよ」

「ああ……わかってるよ。それにしてもうまく化けたなぁ」

「まあ、ね」

少しからかってやったらリオンが調子を取り戻したようで、いつもと同じように接してきた。これで作戦に支障を来《きた》すこともないだろう。阿吽《あうん》の呼吸……とまではいかなくても、それに近いいつものような距離感じゃないと、いざという時に感覚が狂って失敗するからね。

そこからは村長と三人で作戦の最終調整に入って、当日に備えた。

公爵令嬢生贄になる

空を制していた太陽が徐々に勢いをなくし、地平線へと歩みを進めている。それに伴い黄から橙、そして赤へと絶妙なグラデーションを描き、辺りを彩っていく。

一方、眩《まぶ》しく輝く太陽から目を背ければ、そこは夜の帳が下り始めており、赤から紫、そして濃紺へと真逆の色合いを見せている。

それらの影響を受けた建物は、見事なまでのコントラストを生み出しており、見る者が感じ入ってつい泣きたくなるような、そんな寂寥感を与えていた。

「ティナ様、皆様の準備が整ったようです」

支度を終え、窓辺に置いた椅子に腰かけて外の風景を眺めていた私に、ここのお仕着せを着たイルマが声をかけてきた。……ああもう時間か、とそろそろと立ち上がりドレスの裾を踏まないように気を付けながらゆっくりと歩く。

イルマがそんな私を心配そうに見る。彼女は最後まで私が囮になることに反対していた。とはいえ、この作戦は成功する確率が高いのでそこまで心配する必要もないだろう。ゆえに、安心させる目的でにこりと微笑んで見せた。するとイルマもわずかに微笑む。

ふと近くにあった姿見に目を遣り、じっくりと自分の顔を見つめる。儚げで物静かな少女がそこにいた。その姿を見たまま静かに目を閉じ、数秒程して再び目を開ける。それからゆっくりと部屋の扉の前まで行くと、直後に廊下側から扉を叩く音がした。

何事だろう。小首を傾げてイルマを見れば、イルマもまた小首を傾げる。疑問には思うものの、基本この邸内に危険はないので扉を開けても問題ないだろう。もし問題があるとすれば間者の存在だが、そもそも私のこの姿はごく一部の者にしか見せていないし、私が囮になることを知っているのは限られた者のみだ。気付かれたとは考えにくい。

また、間者というのも、私たちが勝手に犯人像を膨らましたすえに導き出されたものだ。もし本当に間者がいるのだとしたら、既に何かしらの反応がなされているはずなので、その線は薄いとみていいだろう。

とはいえ、扉の向こうにいるのがたとえ味方であったとしても、私は顔を見せるつもりはない。私がカテリーネと入れ替わっていると知る者は少数にとどめたいからだ。そのため扉から離れると、元々被る予定だった布をイルマから受け取り被った。

私が布を被るなり、イルマが様子を窺いに一人で部屋の外に出る。そして、さして間を置かずに戻ってきた。

「イルマ、なんだったの？」

「それが、この邸のご令嬢がティナ様にお会いしたいと」

「私に？　……いや、僕にだね？　構わないよ」

村長の娘《カテリーネ》が公爵令嬢《マルティナ》に会いに来るはずがない。ルディに何か用があるのだろう。一瞬でルディの仮面を顔に張り付け、令嬢を招き入れる。

カテリーネは一つ断りを入れたあと、部屋の中に入ってきた。その扉が閉まるのを待ち、髪が崩れないように注意してそっと布を取る。すると、カテリーネの方から息を吸い込む微かな音がした。顔を上げつつそちらを見れば、カテリーネが両手で口を押さえながら目を開いてこちらを見ていた。

「えっ⁉ ルディ、様……？」

「ええ、そうです」

「うそ……。すごく、すごく綺麗です！ え、なんでこんなに……。信じられない……女性の私より綺麗だなんて。自信なくすわ……」

最初は力強く賛辞を述べていたカテリーネだったが、その言葉は段々と尻すぼみになっていき、最後は呟くような小さな声へと変わっていった。私があまりにも女性そのものだったから、女性である自分と比べて落ち込んだのだろう。本当は私も女性なので落ち込む必要は微塵もないのだが、それは言えないのでぐっと我慢した。

「……ああ、でもほんとに綺麗。女性だってこれ程の美人はそういないわ」

「……」

ルディが女性ならば『綺麗』と言われて『ありがとう』と返せる。だが、如何せんこの姿でも中身は男性だと思われているのだ。ならば『ありがとう』はちょっと違う。ではどう返答したらよいものか。そう悩んだけれど、結局思い浮かばなかったので曖昧に笑ってみた。

「それより、カテリーネ嬢は何故ここに？」

「あ、そうでした。私の代わりにルディ様が生贄になると聞いてお礼を述べたかったんです。今なら皆下に集まっていていないから、こっそり抜け出してきました。……変装見たかったし」

……最後！　ぼそっと言ったつもりだろうがはっきりと聞こえたわよ⁉

お礼なんてあとでもよかったのにと思ったのだが、お礼は口実で最後の本音が目的だったのだろう。

いろいろと思うことはあるにせよ、とりあえずにっこりと微笑んで、礼は必要ないと伝えた。

そう、本当に礼など必要ないのだ。私たちはギルドの依頼でここに来ているのであって、人助けで来たわけではない。依頼である以上仕事として割りきるので、本来礼を述べるのは私たちにではなく、あの状況から諦めることなくギルドを頼って依頼をした村長に述べるべきなのだ。

ただ、彼女にすべてを話すことはできない。まさか庇護《ひご》してくれるはずの領主に見捨てられたなんて言えるわけがないし。

そんなことを考えていたら、一頻り私を眺めて満足したのかカテリーネが帰っていった。多少顔が赤かった気がしたのだが何故だろう？　不思議には思ったけれど、今はそんなに悠長に構えている暇もない。

カテリーネがいたのはそれ程長い時間ではなかったが、既に皆を待たせていたので改めて布を被り直してみんなのもとへと急いだ。

玄関フロアまで行くともうみんな揃っていた。前が見えないのでイルマに支えてもらいながらみんなの前まで行き、謝罪を込めてぺこりとお辞儀をする。私とカテリーネ嬢が入れ替わっていることを知らない人には、「生贄はカテリーネ嬢だ」と説明しているので、正体がばれないように私は無言のままだ。代わりにイルマが謝罪をしてくれた。

「お待たせしてしまい申し訳ございません。お嬢様は先程から声が出なくなってしまって……」

「そりゃあ、生贄にされようとしているんだ。声が出なくても仕方がないさ」

機転を利かせてそう言ったイルマに、護衛の一人がフォローの言葉を入れた。すかさずリオンが安心させる言葉を紡ぐ。

「ちゃんと私たちがお守りしますので大丈夫ですよ」

「……済まない、カテリーネ」

最後に、とても悲しい声色で村長が謝罪する。その謝罪に私は、首をふるふると左右に振って『大丈夫だ』と答えた。リオンはともかく、村長はなかなかの役者である。

一方、ほかの護衛たちは皆無言だった。それが何となく気になり、試しにそっと布の中から周りを窺うと、皆『可哀想に』と言わんばかりの顔でこちらを見ていた。そんな中で、一人の護衛が何かに気付いたらしく、リオンの方を向く。

「リオン殿、もう一人の護衛の方が見当たらないようですが」

「ああ、彼には既に現地に行って待機してもらってる」

「そうでしたか」

「ほかに何か気になる点はあるか？　……なければ、カテリーネ嬢。そろそろお支度を」

こくり。リオンに促されて頷き、用意されていた檻《おり》の中に入る。冷たくて硬い底面で、座り心地は最悪だ。正直なところ長時間座っていたくない。それでも、これは仕事なのだと割りきっておとなしく座っておく。

かちゃりと鍵をかけられ鎖が巻かれると、がっしりとした体格の男二人が太い鉄の棒を檻の中に通し、両脇から突き出た部分をそれぞれ肩にかけ軽々と持ち上げた。一瞬バランスを崩しかけたが、なんとか持ち堪えて再び座り直す。檻は男たちの手によって移動を始めた。

担ぎ手の足は意外と軽やかで、檻を担いでそのまま聖堂まで行きそうな勢いである。けれど、そんな非現実的なことが起こるはずもなく、檻は外玄関の脇に停められていた馬車の荷台に括りつけられるにとどまった。

そうして準備が整い馬車は動き出す。

聖堂には歩いて十分くらいだったか。馬は常歩《なみあし》――一番ゆっくりとした速度ではあるが、人の足よりも速いのですぐに着いてしまうだろう。

その予想通り馬車はすぐに聖堂に着いた。再び先程の男たちが檻を担ぎ上げて聖堂の中に入り、祭壇の側に檻を置く。解錠はされたが鎖が巻き付いたままなのでそれを外さずにおとなしく檻の中に留まる。

あらかじめ決めていた通り、手を胸の前で組んで俯く。まるで女神に縋《すが》り祈っているかのように見えるはずだ。

私がその動作を行なうなり、護衛たちは速やかにその場から離れた。その中にリオンの姿はない。おそらく聖堂に入ってすぐに身を隠したのだろう。私たち二人はこれからしばらくの間、この静寂の中で時が来るのを待つのだ。

それからどれ程の時が過ぎただろうか。しんと静まり返った聖堂に、ギィィ……と錆びた蝶番の軋む音がした。それゆえ布を被ったままゆっくりと顔を上げて振り返る。見れば五、六人程の男たちが聖堂の中に入ってきたところだった。おそらく外にも同じくらいいるはずだ。

「ハハッ！　成功したな。こうもうまくいくと気分がいいぜ」

「油断するな。うまくいきすぎる。罠かもしれない」

「お前は心配性だなぁ。大丈夫だって。生贄を連れてきたやつらは皆帰っていったじゃないか」

「それはそうなんだがな」

「なあ、仕事が早く終わりそうだからこのあと飲みに行こうぜ！」

「いいな！」

「んじゃ、その前にちゃっちゃと済ませなきゃな」

男たちはそんなのんきな話をしながらこちらに近づいてくる。その口調も態度も緊張感など全く感じられない。

やがて一人の男が檻の前まで来ると、口笛を吹きながらぐるぐる巻かれた檻の鎖を外しにかかった。布を被っているのでよくは見えないが、ほかの者たちは男を手伝うこともなく、檻の中の私を覗き込んだり、ただ檻の扉が開くのを待っていたりしているようだ。

鎖が解かれて扉が開くと、鎖を解いていた男とは別の男が檻の中に入ってきた。男は私の腕をそっと掴んで私を立たせる。もっと乱暴に扱うものだと思っていたが、どうやら紳士的な人物のようだ。その手に導かれて、檻の外へと出る。

その直後、焦りを孕《はら》んだ、悲鳴にも似た大きな声が外から聞こえてきた。

「大変だ！　幻覚魔法が解除されてる……って檻？　人助けじゃなかったのか⁉」

「細かいことは気にするな。何も問題ないだろう？」

「そうさ。それに魔法が解除されたくらいどうってことはないだろう？　もう目的は達成されたんだし」

「問題大ありだ！　これじゃあ誘拐じゃないか！　それに解除されているってことはこちらの目論《もくろ》見《み》がばれていて、伏兵が既に潜んでいるかもしれないってことなんだぞ？」

ああ、やはり気付いたか。

先日ここを訪れた際、爪痕の幻覚魔法トリックに気付いた私は、先程聖堂に入る前にこっそりと解除しておいたのだ。見る者が見れば気付くとは思ったが、そうか……どうやら入り口に佇むあの青年が、面倒くさい幻覚魔法の施術者か。しかし、よくあんな方法を考えたものだ。

そう、あれは魔法を使う者たちの常識を逆手に取った、経験に基づけば基づく程気付きにくくなる、そんなトリックだった。

普通あの爪痕を隠したいのであれば、爪痕自体に幻覚魔法をかける方法が一番手っ取り早く、また魔力の消費も少なくて済む。もちろん何もない壁に爪痕を残したい場合も同様だ。

私も最初はそのどちらかが施されているのだと思っていた。けれど、フランツさんが指し示した壁には魔法の痕跡は何一つなかった。

でも、それはおかしいのだ。どんなに優秀な魔術師であっても、わずかに魔力の残滓《ざんし》のようなものが残る。それが感じられないとなると、そこには初めから魔法がかけられていなかったということになる。だがあの時の私は、確かにあの場所でわずかな魔力を感じていた。それがあの違和感の正体だ。

そしてそれに気付いたのは本当に偶然だったとしか言いようがない。

あの時の私は、考え込んでもわからないものはわからないよね、と考えることを放棄して、ただただ景色を眺めていた。だが、ふと風に揺れる花に目を遣った時、花のすぐ側にごく最近伐られたであろう切り株を見つけたのだ。

誰も訪れなくなった聖堂で何故木が切り倒されているのか。薪《まき》にするつもりならもっと村に近いところにある木を伐るはず。聖堂は鍵がかかっていて入れなかったし、聖堂の周囲で焚き火をした形跡もない。

ならば伐らなければならない何かがあったのだろうか。例えば聖堂を今にも破壊しそうな程伸び放題だったとか。いや、周りの木々はいくら伸び放題だとはいえ、聖堂を壊さんばかりの伸び方はしていない。ゆえに伸びてしまった木を整えるとか伐採するとかそういった理由ではなさそうだ。

ではほかに考えられることと言えば何かあるだろうか。例えばそう、そこに木が立っていては目的が果たせない、だから伐ったと考える場合。

それは視覚的なことか、物理的なことか。前者ならば何かが見えないので視界をよくするために伐った、後者ならばそこに木が立っていると遮られる、または物が置けないから伐った、とするのが妥当だろうか。

そう考えると答えは自然と出ていた。おそらく後者を踏まえつつ前者も多少掠《かす》っている。

聖堂付近に溢れ出ていた魔力。あれは神秘的な力でもなんでもなく、やはり作為的に張り巡らされたものだった。そして、それは爪痕を魔法ではなく、女神の力と見せかけるために必要なことだったのだ。

つまりどういうことか。

至って簡単な話だ。聖堂の敷地全体を幻覚魔法で覆ったのである。というと、なら魔力の残滓を感じるのではないか、と思うだろう。だが、壁に直接かけるのとは違い、この方法ならば既に魔力の残滓が全体に漂っている状態なので、壁に触れたところで新たな残滓を捉えることはできない。

そうして光の屈折の原理で覆い隠された爪痕は、実際はあるのに脳が誤認してしまい、見えない、感覚がないという錯覚に陥ってしまったのだ。もちろん、壁の残滓も感じられないために魔法ではないと判断されてしまった、というわけである。

そしてこれは、一般的には回りくどい、むしろ搦《から》め手といえる方法だろう。何故なら、この聖堂全体を覆う幻覚魔法はそれ相応の魔力を要するからだ。一人でやるには少々面倒なうえにそれなりの力を持つ術者が必要で、かといって魔術師を複数人集めるとなると、カテリーネ嬢にそこまでの魅力があるのかという疑問が生じてくる。

確かに彼女は魔力を持っているが、彼女の話しぶりからすると、せいぜい明かりを点《とも》すくらいの魔法しかできないであろうし、失礼ながら顔は可愛いとはいっても絶世の美女というわけでもない。仮に、彼らが彼女の魔力量を知らなかったとしても、複数の魔術師を集める手間を考えればもっとほかに案はあるだろうし、普通はそんな冒険をしないはず。だから複数の魔術師が裏にいるとは考えにくい。

となると、あとは道具を使う方法か。道具を用いて魔法陣を描けばそれ程魔力を必要とはしないし、一人でも容易にできる。手間暇はかかるけれども。

と、長々と説明したが、ここでようやく先程の木の話に繋がる。

実際に確認してみたところ、魔法陣を保つための楔《くさび》が、等間隔に切り株の見えない所に打ち込まれていた。また、陣を描くにあたり陣の軌道にある木が伐られ、それにより周囲の視界が開けて、無意識に目線が遠くへと行ってしまったのである。その結果、眼下への注意が散漫になってすぐに気付くことができなかったのだ。

なかなかどうして、優れた術者である。それなのに何故この者たちとともにいるのだろうか。先程の話しぶりだと今回の生贄の話は、聞かされていなかったようだけれども。

男たちの会話に再び耳を傾ける。

「だがなぁ、ここの兵たちは皆『女神の御業だ～』とか言って尻込みしてるって話だ。心配すんなって」

「そうだけど、俺の術をあっさり見抜いて解いてみせた魔術師がいるのは事実だ」

「はいはい、気を付けますよ」

「ハハハ、お前も心配性だなぁ」

いや、心配性ではない。大いに心配した方がよいだろう。なにせ二人だけではあるが包囲網が張られているのだから。魔術師は正しい。この者たちが抜けているのだ。本当におかしいわ。

我慢できずについくすり、と小さな声で笑う。私の腕を掴む男だけがそれに気付いて、「なんだお前、本当に生贄か？」と言いながら私の手を後ろに捻り上げた。同時に頭に被っていた布を剥《は》ぎ取られ、その様子に気付いた者たちが次々と私の方を向く。次の瞬間、私以外の全員が硬直し、辺りは即座に静かになった。

「い……痛いですわ。離してくださいまし」

「も、申し訳ない」

静寂の中、涙目で訴える。すると、男の慌てた声とともに私の手を捻る力が弱まった。それを皮切りに静寂が一気に破られる。

「うお⁉　めっちゃ可愛い！」

「ヤバい……惚れた」

「俺の彼女にならない？」

「こんな美少女見たことない‼」

などなど。皆が皆、一斉に言葉を発していてやかましい。正直、子供か！　とは思ったものの、あとあと面倒なのでおくびにも出さない。とはいえ、とにかくちょっと静かにしてほしい。

そんな中で、入り口付近にいた魔術師が私を見るなり目一杯目を開いて震える声で叫んだ。

「そ、そんなっ、馬鹿な！　なん……なん、で。ありえないっ！　桁違いの魔力だっ！」

悲鳴に近いその声に全員が青年魔術師の方に顔を向ける。そして、そんな彼らを見て私の口角がわずかに上がった。だが私を見ている者は一人もいない。

——今だ！

私は、ここぞとばかりにすぐさま行動に移った。

公爵令嬢戦闘する

風を手足に纏う。呪文など必要ない。私が考案した、ちょっと風を操作するだけの簡単な術だ。

風を纏わせるのと同時に、捻られていない方の手で男の腕を掴み、風の力を借りて彼の腕を回転させる。それだけでいとも容易く男の体が宙を舞う。

——ドゴォッ!!

男は物凄い音を立てながら地面に激突し、そのまま動かなくなった。どうやら気を失ったようだ。

一方、激突音からわずかに遅れて、ほかの男たちが音のした方に顔を向けた。しかし、その音の主を確認するとすぐにこちらを向く。私は即座に『何も知りませんよ？』とでも言うかのように、口元に両手を添え、目を見開いて驚いて見せた。

「なっ!?　魔法か！」

「気を付けろ！　どこかに魔術師が潜んでいるかもしれないぞ！」

「きゃ……こ、怖いわ。魔法なの？」

男たちは私がやったとは思わずに辺りを何度も見回して、居もしない魔術師を探す。私はこれ幸いとそんな男たちに便乗し、怯えた表情を浮かべてか弱い振りをしながら、男たちの意識をこちらから逸らした。

だが、始終こちらを見ていた魔術師の青年だけは騙せなかったようだ。彼は青い顔をしたまま頭を勢いよくぶんぶんと左右に振っている。おおかた、私が男を投げ飛ばしたところを見て、仲間にそれを知らせようとしているのだろう。そのため私は彼が余計なことを言わないように、釘を刺す意味を込めて彼を睨み付けた。いや、むしろ眼を飛ばしたと言ってもいい。その威力はなかなかのもので、彼は途端に動きを止めておとなしくなった。心なしか彼の顔色が青から白になった気がしないでもないが、あえて無視をする。

再び男たちに目を遣ると、彼らはもうすっかり私を犯人から除外して油断していた。ここを逃すつもりは毛頭ない。

……では思いきり暴れちゃいますか！

気合いを入れ、満面に極上の笑みを湛えると、すぐ側の男を軽く小突いた。その瞬間、私が手に纏わせている風の影響を受け、男がはるか後方に吹き飛ばされる。

男はそのまま壁に衝突し、動きを止めた。

……ほんと凄いわねぇ……。

いつもながらの素晴らしい威力に内心で、うんうんと頷く。

この風の魔法はとても便利で、私を守る盾だったかと思えば、瞬時に敵を攻撃するための矛《ほこ》となる。しかもその破壊力は凄《すさ》まじく、軽く殴るだけで相手が気絶してしまうため、大人の男性よりも膂力《りょりょく》のない私にはこれ以上ない武器となる。もし本気で殴ったらこの聖堂は瞬く間に瓦礫の山となるだろう。

「お、お前の仕業か！」

今度はちゃんと私の仕業だと気付いた彼らは、怒声を上げると腰に佩いた剣を鞘から引き抜き斬りかかってきた。それを足に纏った風の力でもって軽やかに往《い》なしていく。でも、ただ往なすだけではない。往なしながらもちゃんと相手に攻撃を加えていく。

ああ、愉しい。今まで溜まっていたものが一気に霧散《むさん》していくようだ。相手は剣で私は素手という攻撃範囲の差はあるが、そこがまた緊張感があっていい。

だが、当然私も生身で戦っているわけではなく、防御魔法をきちんとかけている。そのうえでの風の魔法だ。大概これで問題なく事が運ぶ。

それにしても……この賊《ぞく》と思われる男たちの戦い方がちょっと気に食わない。賊なら賊らしくもっと卑怯な手を使ってもいいはずなのに、戦う姿勢があまりにも愚直なのだ。なんと言えばいいのか……そう、騎士。まるで騎士のような戦い方。でも、騎士が道に反した行為をするだろうか？

場合によってはするかもしれないけれど、これがそれ程重要な任務には思えない。それでなければ退役した騎士とか？　しかし、そんな人たちがこんなに集まるのか、と言われれば疑問が残る。

……ああ、もうわからない！　こうなったら実際に確かめてみますか。

風を纏い、強化された足で床を蹴る。体はかなりの高さまで上がり、斬りかかってきた男の手の位置と、自分の足の甲の高さが近くなったところで、足を上げて男の手にぽんと軽く当てる。すると男の握っていた剣が容易くその手から離れ、くるくると回転しながら放物線を描く。

スラックス姿ならばこんなに回りくどいことをせずとも、思いきり蹴り上げるだけでよかったのだが、ドレスだとそうはいかない。実に面倒くさい。かといってさすがにドレスを捲り上げるとか、そんなはしたない真似はできなかった。

――カラン、カララ……。

剣は乾いた音を立てて私たちのすぐ近くに落ちた。すかさず、信じられないといった顔で剣を見ている眼前の男をぶっ飛ばし、落ちたその剣を拾い上げ、風の魔法をかけて剣を軽くする。

……やったわ！　剣よ、剣！

私の手には少し大きく感じられたが一般的な剣とそう大差ないので大丈夫だろう。あ、やだ。口元がにんまりしちゃう。

笑いを必死に堪えながら剣を構えると、私の構えに反応して男たちが再び斬りかかってきた。よって、逆に斬り返していく。

「やだぁ、すごく愉しい！」

あまりに愉しくてつい言葉がこぼれ落ちる。そんな私の様子に気が付いたのだろう。男たちの顔色が変わってきた。けれど、生憎私は寛大な心の持ち主ではない。したがって、遠慮など微塵もせ

ずにどんどんと斬っていく。もちろん手加減はするけれども。

「ひぃぃぃぃっ！」

「ぎゃぁぁぁ！　ばけもの！」

「なんだ、この女！」

先程まで皆闘志を燃やし、あんなに怒号が飛び交っていたのに、いつの間にか闘志は怯えへと変わり、怒号は悲鳴へとその姿を変えていた。もっとやる気を見せてほしかったのにあんまりだ。全然戦っていないのに……。

「おい、どうした？　なんかあったか……ってうわ、なんだお前⁉」

がっかりしながら男たちを斬っていたら、外にいた者たちが音に気付いて加勢してきた。

同時に、ずっと注視していた男の気配が動く。彼は始終光魔法で自分の周りを照らしていたため、動きを追うのは造作なかった。即座に沈黙の魔法をその男——魔術師の青年に放つ。青年は「むぐっ」とくぐもった声を上げたあと黙り込んだ。

すぐさま床を蹴って、入り口の側にいる彼のもとに行く。魔法によって口が開かず、言葉を発することができないでいる青年の顔を見上げると、優しく微笑みかけて彼の油断を誘う。すると、青年はわずかに目を見開き、顔だけではなく耳まで赤く染め上げた。赤くなったり青くなったり忙しい人だ。

青年が狼狽《うろた》えているのをいいことに、下手に魔法が放たれないよう、項部《こうぶ》——首の後ろ側に手刀を叩き込む。途端に彼の体がぐらりと傾くが、即座に手を差し伸べて、打ちどころが悪くて死んでしまわないよう彼の体を支えながら横たわらせる。そして、彼から手を離すとすくっと立ち上がり、顔を上げた。

「おい、油断するな！　この女強いぞ!!」

私が戦えるとは思っていなかったのだろう。私が青年を昏倒《こんとう》させるまでの一連の様子をぽかんと口を開けて見ていた増員組の一人が、ふと思い出したかのような顔をするや否や、周りの仲間に注意を促す。それを受けてほかの増員組の男たちも我に返ったようで、私を睨み付けながら闘志を漲《みなぎ》らせ始めた。

しかし今まで戦っていた者たちは、ある者は私の脇をすり抜けて全力で逃げ出そうとし、ある者は椅子の下に潜り込んで震え出し、更にある者はよさそうな場所に隠れ……結果言い方は悪いが、増員組が人身御供に祭り上げられる形となった。だが甘い。私の脇をすり抜けようとした者の襟元を掴みながら、男たちを一人一人見るように顔をゆっくりと右から左に向ける。

「さて、注意を払うべきものがなくなったし本気で行くわよ？」

とりあえず、必死に私から逃げようとしている男をぐいっと引っ張り、聖堂の中に戻す。改めて辺りを見回せば、私の相棒《リオン》が、隠れている場所から出てきてこちらを見ていた。その目は何故か死んだ魚のようである。どうしてそんな目をしてこちらを見ているのだろうか。解せぬ。

男どもはそんなリオンに気付くこともなく、私だけを警戒している。なんともお粗末なことだ。

「うおぉぉぉっ!!」

誰かのかけ声とともに、やる気のある者たちが一斉に斬りかかってきた。それらを躱しながら、少しおとなしくしてもらうために、足や手など命に差し障りがなさそうな場所を選んで、次々と斬っていく。

そうしてあらかた殺意を向けてくる者たちをあしらったあと、あちこちに隠れてしまった者たちを引き摺《ず》り出す作業に移った。とはいっても、隠れているだいたいの位置は把握済みなので然程てこずることもないだろう。

ふとリオンの方を見れば、彼はいまだに凄い目でこちらを見ていた。だが、私のしようとしているることに気付いたのだろう。表情を一変させると、その場で「手伝おうか？」と言ってきた。しかし、その申し出を断る。もう少し彼らと戦えそうだと思ったからだ。その代わり、彼にはあとで手伝ってくれるよう頼んでおいた。

……それじゃ、やりますか！

それ程上がらない袖を軽く上げ、気合いを入れると作業に入った。


「みーつけたっ！」

「ひぃぃぃぃぃ……!!」

かくれんぼの要領で次々と隠れている者を見つけだし、剣の柄で叩いて気絶させたり、抵抗するものは少々痛い目に合ってもらったりして全員床に伏してもらう。念のために眠りの魔法をかけて、ちょっとやそっとでは目を覚まさないようにする。

それが終わると、辺りは先程の喧騒が嘘のように静かになった。

……さて、と。一段落ついたことだし次は……。

聖堂の中の敵はすべて倒したので次は残党の皆様か。ほかにいないというのはありえないので、きっとそこら辺に潜んでいるはず。

聖堂の中では魔法が放てなくてもどかしかったけれど、外ならば遠慮をする必要もないし、村人たちには外に出ないようにと伝えてあるし……派手にやっちゃってもいいよね？

私はリオンの方に顔を向け、離れたリオンにも声が届くように少し大きめの声で話しかけた。

「リオン。僕ちょっと残党狩りに行ってくるね！」

「は？　え、ちょっと待っ……ルディ！」

「それじゃ、あとはよろしくね～」

待てと言われて待つわけがない。さすが風の魔法、長い間戦っていたとは思えないくらいの足の軽さだ。私はリオンが引き止めようとするのを無視して、スキップでもするかのように聖堂をあとにした。

そろそろ別行動で待機していた者たちも、仲間が戻ってこない、と不審に思う頃だろう。様子を見ようと誰かが来るはずだ。この道を通るのは間違いないだろうから、待ち伏せをするのではなく私から会いに行こう。

るんるん気分で村に続く一本道を進む。すると、近くの茂みから話し声が聞こえてきた。護衛たちは一旦邸に戻って時間まで待機してもらっているので、おそらく残党の皆様だろう。隠れる必要はないので、堂々と声のする方に行き、茂みに隠れるように蹲《うずくま》って話し合う男たちを上から眺めた。

ひい、ふう、みい……六人か。全員下を向いていて私に気付いていないようである。ちょっとこの賊たちは危機感が足りないのではないだろうか。

ざっと見るに、ほとんどの者がさっきの男たちと同等みたいだ。この中に魔術師はいないようなのでそれ程脅威にはならないだろう。が、私に背を向けている男だけはそれなりに強そうだ。おそらく頭か、その右腕なのだろう。手合わせ願いたいな。

「リーダー、それでこのあとはどうするんです？」

「聖堂に行った者たちが戻ってきたら次のところに行くつもりだ」

「候補地でも？」

「いや。だが連れてきた令嬢を送らなくてはいけないからな」

「あー、となると東ですか？」

「たぶんそうなるだろうな。……それにしても遅いな」

「そうですね。令嬢は魔力がそんなにないって話だから、てこずることなくすぐ戻ってくるとおも……うわっ⁉」

「どうしたっ⁉」

話をしていたうちの一人がふと顔を上げ聖堂の方を向こうとしたところで、上から覗いている私と目が合い吃驚《きっきょう》した。その声を聞いて私に背中を向けていた、リーダーと呼ばれた男が、叫んだ男の視線を追って振り返る。そして、リーダーと呼ばれた男と私の目が合い、ここでようやく私は口を開いた。

「今晩は」

「誰だあんた⁉」

「えーと……お話にあった生贄でございます？」

「はぁ？」

賊の問いに一瞬なんと答えようかと考えたが、正直に答えることにした。その際、言葉が詰まった所為で語尾を疑問形にしてしまい、意図せずその場を混乱させてしまった。男たちは皆一様に目を丸くして呆けたような顔をしている。

「……それでなんで生贄がこんなところにいる？」

「あら、いやですわ。皆様をお迎えにまいりましたのよ？」

「聖堂にいた者たちはどうしたんだ？」

「ちゃんといらっしゃいますわ。聖堂で皆様を待っておられます」

「あいつらと長い間何していたんだ？」

「楽しく（拳で）語り合っていましたの」

「……更に尋ねても？」

「はい、なんなりと！」

私は満面の笑みを湛え、声を弾ませる。

「その手にしている物は？」

リーダーと呼ばれた男が私の手元の剣を見ながら口にする。あら、気付いてしまったのね？　仕方がない、質問タイムは終了だ。

「うふふ、これ？　これは……飾りですわっ!!」

左手に炎の塊を作り出し、男たちの後方目がけて放つ。右手には先程分捕った剣が握られていたが、彼らがそれに気を取られている隙に魔法を放った形だ。

――ドォォオン！！！

寸分違わず狙った場所に爆発が起こり、その爆風によって男たちが私の方に吹き飛ばされてくる。そこをすかさず叩く。ただひたすら叩く。そうしてほとんどの者が抵抗する間もなくあっさり倒れていく中、たった一人魔法を躱し、無傷で立っている男がいた。私が強そうだと思った、リーダーと呼ばれた男だ。

男はいつの間にか腰に佩いていた剣を鞘から取り出して、切っ先をこちらに向けていた。昏倒させた賊たちに眠りの魔法をかけると私も手に持っていた剣を構える。

「可愛らしい顔してやるね。村長の娘はそんなに魔力を有していないと聞いていたが？」

「やはり最初からカテリーネ嬢だけを狙っていたのか。そんなに暴露して大丈夫？」

「ああ、問題ない。あんたも一緒に連れていくつもりだからな」

「残念だけど僕、捕まる気は毛頭ないんだよね」

「あんた僕女？　いや、男か？」

「ふふ、秘密。それよりやっとさしでできるんだ。楽しくやろうよ！」

全身に風を纏うと軽やかになった足で地面を蹴る。瞬時に男の懐に入り剣を振りかぶった……が、男の動きは意外にも速くて、あっさりと剣で弾かれてしまった。直後、男の一撃がくる。それを一旦元の位置に飛び退いて躱した。そのまま男と睨み合う。

思った通りこの賊たちは最初からカテリーネ嬢だけを狙っていた。でも、何故彼女なのだろう？魔力目的ならばほかの土地の者たちの方が魔力はあるはず。わざわざこの村を、彼女を狙わなくてもいいのに。

だが、今それを考えるのはやめておこう。この人物はそれなりに強い。考え事をしながら戦っていい相手ではない。……いや、やれるだろうけれど怪我はしたくないのでとりあえず集中しよう。

改めて剣を構え直すと今度はフェイントや魔法を繰り出し、相手を翻弄《ほんろう》する。男はなんとか食らいついてきているが、風でスピードを上げている私に敵うはずもない。次第に隙が生じてくるのがわかった。

……もう少し遊びたかったけれど残念ね。

私は左の手のひらに無数の氷の礫《つぶて》を生み出すと、それを男目がけて放った。氷の礫は小石程の大きさなのでどれも致命傷にはならない。が、彼を翻弄するのには充分な効果だ。

男は飛んできた礫を防ぐため、普通の剣よりもやや幅のある刃を盾として扱った。それは一見無謀にも思われたが、礫がいくつか刃に当たり砕け散っていることから、多少効果はあったのだと思う。だが、続けて第二第三の礫を繰り出すと次第に男が押され始めた。男の体には無数の裂傷ができ、それによって彼の動作が緩慢になる。そろそろ頃合いかな。

男は氷の礫ばかりに気を取られていて、私の剣に注意を向けていない。ゆえに、その存在を思い出させるために軽く剣で薙ぎ払いをしてみせれば、男はあっけなくバランスを崩した。

――とどめだ！

剣の柄を男の鳩尾《みぞおち》に叩き込む。男はくぐもった声を上げたあと、その場に倒れた。

「ふぅ。討伐完了」

倒れた男を見ながら呟き、辺りをぐるりと見回す。ちょうどよさそうな蔓《つる》を見つけるやそれを魔法で強化し、男たちを縛り上げていく。リーダー格の男以外は縛ったあと道の真ん中に転がしておいた。こうしておけば、時間指定で呼んでおいた自警団が来て処置してくれるはずだ。もし暴れても、あの護衛たちならば問題ないだろう。

だが、リーダー格の男は暴れられると厄介だ。よって蔓で縛り上げると、余った部分をそのまま切らずに、手に持てるようにした。更に、地面に接する部分が擦れないよう強化と風の魔法をかけて、男を軽くしたうえで引っ張る。ズルズルと音は立ったものの、衣服は破れていないようだ。それを確認した私は、持った蔓を握りしめて再び足取り軽やかに来た道を戻った。

「ただいまー！　ストレス発散、愉しかった！」

聖堂に戻ると、そこら辺に転がっていた賊たちはリオンによって縛り上げられ、一か所に纏められていた。私も引き摺ってきた男をその賊たちの方に連れていく。

「……みたいだな。その男だけか？」

「ううん、リーダーって呼ばれていたからこの人だけ連れてきた」

リオンと話をしつつ、リーダー格の男を祭壇脇に置かれた檻の中に入れる。ついでに、ほかの賊たちもリオンと手分けして檻に放り込んだ。多少窮屈そうだが仕方がない。

最後に鍵をかけると埃を払うように両手をパンパンと叩き、少し休憩とばかりにその場に佇んだ。

そうして辺りは静寂に包まれ、どちらも言葉を発さずに時だけが過ぎていく。

ふと視線を感じてリオンを見れば、彼はこちらを見て茫然《ぼうぜん》と立ち尽くしていた。その表情が心なしか戸惑っているように見える。私は不思議に思いながらもにこりと笑みを浮かべ、リオンの方に足を向けた。その際に、あることを思い出す。

リオンは「興味本位で言ったわけではない」と言いつつも、本心では私の女装に対してかなりの興味を持っていた。本人がそう言ったわけではないが、表情に表れていたのだ。それを思い出し、二度と女装しろ、などと言い出さないようにこの場で釘を刺すことにした。

手始めに、彼の前まで行って丁寧に淑女の礼をとる。いかにも『月の妖精』らしい姿だ。だが、私の中にもう蟠りはなかった。

「リオン様、無事成功しましたわね？」

「あ、ああ……」

わざと令嬢言葉で言えば、どもりつつも返事が来る。私は顔に笑みを張り付けたまま少し怒気を含ませて話を続けた。

「あなたがわたくしを興味半分で生贄役に抜擢したことは知っておりましてよ？　わたくしもお受けしたからには最後までご令嬢になりきろうと思いましたの。けれど、それだけではつまらないでしょう？　ですからわたくし、意趣返しを兼ねてあなたを惑わせてみようかと思い立ちましたのよ？」

「……は？」

惑わせるというよりは、からかうと言った方がいいか。釘を刺すのはもちろんだが、意趣返しを含めてだ。

少し楽しくなってきた私は、口元に両手を添えてくすくすと笑う。リオンの戸惑う姿を見て少しだけ気持ちがすっきりしたが、まだまだ足りない。ゆえに、『とどめだ』と言わんばかりに小首を傾げた。するとと次の瞬間、リオンの反応がいっさいなくなった。

「……？　リオン様？」

不思議に思い彼の顔を下から覗くと、途端に肩を掴まれて引き離された。

「悪かった。勘弁してくれ」

「本当に悪かったって思っておりますの？」

「思ってる。思ってるからちょっと離れてくれないか」

「それではもう二度とわたくしにこんなことを強要なさいませんわね？」

「ああ、誓う」

「ふふ、その言葉を聞きたかったのですわ。それではそろそろ増援が来る頃ですからこの者たちを引き連れて戻りましょうか」

私の勢いに根負けしたリオンが降参の姿勢をとり、心底困り果てた声音で言う。少々からかいすぎただろうか。心なしか彼の顔がげっそりとしている。

……反省したのならもういいかな。

いつまでも休憩してはいられない。さっさとこの話を終わらせて中断していた作業に戻ることにした。

祭壇脇の檻を二人がかりでガラガラと押して入り口の方へとやる。この檻には地面と接する部分の四つ角に車輪を付けてあるので、押せば二人であっても容易に動かすことができる。とはいえ、大人の男性がかなりの人数入っているので、重いことに変わりない。それをやっとのことで入り口のところまで運んだ。

そうして、二人でなんとか檻を運び終えて一息吐いた時、入り口に人が現れた。待っていた後発隊の自警団員たちだ。

彼らは私を見るなり、私がカテリーネ嬢ではないと気付いて目を丸くしていた。そして私がルディだと知って更に驚いた様子を見せる。けれど、私が謝罪をしたら「とんでもない！　気にしなくていいよ」と言って皆笑って許してくれた。なんて優しいのかしら。

ちなみに彼らはここに来る道中、転がっていた者たちを捕まえて、村長の邸の地下牢に入れてきたらしい。さすがだ。

現在は数人がかりで檻を押している。この様子だと人手も必要なさそうだ。

よって、することのなくなった私たちは檻を自警団員に任せ、その身一つで彼らと一緒に聖堂をあとにしたのだった。

公爵令嬢と魔術師の青年

新月の夜の空は闇一色かと思いきや、星の周りは綺麗な濃紺色で、離れるにつれて濡羽色《ぬればいろ》へと明暗を変化させている。空気は澄んでいて、数多《あまた》の星が宝石のように光り輝いており、今にも降り注いできそうだ。

そんな宵闇《よいやみ》の中を歩いて村に戻ると、既に日付が変わっていた。遠くに見える村長の邸は一部の部屋を残して真っ暗である。

しかし、明かりがついている部屋はとても明るい。それは、昔とは違って今は光魔法が封じ込められた照明魔道具があるからだ。その照明魔道具は、村長邸の私があてがわれている部屋はもちろん、廊下など至る所に取り付けられてあった。

邸に着くなり、自警団員たちが賊たちを離れ家の地下にある牢屋へと連れていく。賊たちはいまだに夢の中であり、眠りの魔法の効果もしばらく続くことから、然程手間にはならないだろうと思われる。

賊たちを連れていく自警団員たちを後目に、私たちは邸に戻った。

邸に入るなり待機していた執事に出迎えられて、そのまますぐに村長のいる執務室に通される。

村長は中央の机に座って書類に目を通していたが、扉が閉まるのとほぼ同時に顔を上げて、私たちの方を向いた。そして静かに立ち上がり、深々とお辞儀をする。

「リオン殿、ルディ殿。今回は本当にありがとうございました。なんとお礼を言ったらよいか……」

「あ、頭を上げてください。僕たちは依頼をこなしただけですから」

あまりにも村長が深く頭を下げるので、それをやめさせようと慌てて声をかける。だが、村長はお辞儀をし続けたまま一向に直る気配がない。どうしたものかと困り果ててリオンを見ると、困惑の表情を浮かべているリオンと目が合った。リオンは力なく首を左右に振る。こうなったら村長の気が済むまでさせてあげるよりほかないようだ。

やがて、村長は気が済んだようでゆっくりと顔を上げた。時間にして一分強ぐらいだったか。村長はこの村の代表としてではなく、一個人として厚い謝辞を述べたかったらしい。娘思いの村長ゆえの行動だったようだ。まあ、そうでなければ我々がここにいるわけがないのだけれども。

ともあれ、そんなことを思っているうちに、自警団の団長と副団長が部屋にやってきた。

ようやく全員が揃ったところで、作戦が成功したことと、やはり賊だったこと、賊の人数などを村長に報告し、それから今後の対応などを話し合う。その中には当然賊たちの処遇の話もあり、その話に及んだ途端リオンが意外なことを口にして私を驚かせた。

「私の独断で申し訳ありません。賊たちの処遇についてですが、実は数日前に聖騎士団に連絡をしております。つきましては明日……もう今日ですね、朝に聖騎士団が到着する予定だそうです。ですので、賊たちは領の私兵団ではなく、王都の方へ連れていかれる予定です」

「は？　リオン？　いつの間にそんな話になってたの？」

「お前が変装で拗ねている間にな」

疑問に思ったことをリオンに尋ねれば、リオンが苦笑しながら答えてくれた。でも、心なしかリオンの目が怯えを帯びていたような……？　気のせいかな？

それはさておき、リオンの提案は既に聖騎士団が動いているのならばほかに選択肢もないだろう、と満場一致で受け入れられ、賊たちの処遇があっさりと決定した。

続いて自警団の負傷者などの有無、賊の現在の状況などの報告を受ける。リーダーと呼ばれていた男はもう既に捕まっていたので、あの煙の上っていた場所に残党がいたとしてもそう強い者はいないだろうと判断され、自警団の中だけで残党の討伐隊が編制された。

私たちはもちろんお留守番だ。残党討伐隊が戻ってくるまではさして用事もない。そのため、一旦休んだらどうかと村長に提案されたのだが、それを私はやんわりと断った。

実は邸に入る前、私は自警団の団長にあるお願い事をしており、いつ呼び出されるかわからない状態だったのだ。

そういったわけで、着替えに行くのも急な呼び出しに備えて諦めた。本当ならば私が直接イルマに会いに行って無事な姿を見せるべきなのだろうが、現在任務中だ。彼女には申し訳ないが私用よりもこちらを優先した。その代わり、近くにいたメイドにイルマへの伝言を頼んだ。これで彼女の方は大丈夫だろう。

私たちの話し合いが終わると、すぐ自警団の伝令係の青年が執務室に現れた。賊の頭目――リーダーと呼ばれていた男のことだ――が目を覚ましたらしい。せっかくなので少し話をしようと、私とリオンは青年に連れられて離れ家にある地下牢へと向かった。

地下牢は石で造られており、当然ながら装飾などいっさいない無骨な造りだ。階段を一段下りるごとに足音が建物に反響する。

牢は何部屋かあったが、さすがに二十人近くの賊を一人一部屋ずつ入れることはできなかったようで、頭目と魔術師だけは一人一部屋、あとは数人ずつ一緒に入れられていた。

私たちは牢の中の賊たちを後目に一番奥にある牢に足を向ける。私たちを案内してくれた伝令係の青年はその場に留まり、私たちの話が終わるのを離れて待つようだ。

一番奥の牢まで行くと、少しだけ顔を近づけて牢の中を窺う。鉄格子の向こう側にいる男は装備を外されていて、とても簡素な格好だ。服は私の魔法によって所々破けており、傷になっている箇所もあちこちに見受けられる。とはいえ、そこまで深い傷ではないようだ。

男は床の上に座って目を閉じていた。だが私たちが来たことに気付いたらしい。驚いたような表情を浮かべて、重心を後ろにずらした。

「安心しろ、牢の中には入らねぇよ。こいつも何もしない」

「……それを信じろと？」

「信じる、信じないはそっちの勝手だ」

苦笑しながらちらりと私を見て言うリオンに、訝《いぶか》しげな表情で信じられないと告げる男。いったい彼らは私をなんだと思っているのか。そう思いつつも黙って会話を聞く。

「それでなんの用だ？」

「回りくどいのは面倒だ。端的に言う。あんたらはそれなりに訓練された兵士だろう？　もしくは騎士か」

「……なんのことだ？」

リオンがすぐに本題に入ると、男は途端に声を低くして警戒し始めた。

そうなのだ。私はリオンと同じ疑問を抱き、実際に型に嵌めて彼らと戦ってみた。結果、彼らは手本通りの動きで戦ってきた。しかし、実際に戦った私がそう感じるのならまだしも、リオンはただ見ていただけだ。よく気付いたものだな、と素直に感心する。

そういえば以前リオンと手合わせをしたことがあったが、その時は彼の剣技に全く歯が立たなかったっけ。私もそれなりに強いと思っていたのだけれど、私よりも更に強いリオンの力量をもってすれば、戦い方を見ただけでも戦闘の型がわかるのかもしれない。

「とぼけても無駄だ。あんなに上品に戦っていれば誰だって気付く。誰の命令だ？」

「言ってる意味がわからないな」

「答える気はない、か。まあいい。時間はたっぷりあるからな」

男が白を切る素振りを見せたため、リオンは早々に話を打ち切ることにしたらしい。確かに彼の頑なな態度を見る限り、彼が白状することはしばらくないだろう。幸いこれから先たっぷりと時間があるわけだし、尋問ならば聖騎士団《専門の人たち》が担ってくれるので、私たちはそちらに丸投げすればいい。すぐに来るだろうしね。

頭目と話をしたので、別の牢の者たちとも話をしてみる。彼らはさすがに己の首を絞めるような失言はしなかったものの、洗練された所作をする者は数名いた。それが確認できれば充分だ。聞けばリオンも用はないと言うし……そろそろ戻りますか。

聞きたいことが聞けたので、リオンとともに伝令係の青年の所に戻る。その途中、私はとある牢の前でぴたりと足を止めた。

牢の中では、最初に前を通った時には眠っていた男が、今は目を覚まして座っていた。彼が入っている牢にはほかに誰もいない。頭目と同じく一人で入ってもらったからだ。

彼は私に気付くと途端に視線をさまよわせ、肩を震わせて怯え出した。まったく、誰も彼も失礼な人たちばかりだ。

「目が覚めたのね。気分はいかがかしら？」

「……」

彼を落ち着かせる意味も込めて女性の口調で尋ねたが、相手からは無言で返された。そういえば沈黙の魔法をかけたままだった。でも、今解くと脱走してしまう恐れがあるため、解くのはあとからにしよう。

一方、リオンはというと、肩をすくめるとか呆れるとかではなく、再び死んだ魚のような目でこちらを見ていた。本当に失礼である。

リオンの態度にいささかムッとしたけれど、とりあえず先程同様ぐっと堪えた。

そうして無理矢理気持ちを落ち着かせると、伝令係の青年に頼んで牢の鍵を開けてもらった。扉を開けて中に入り、壁に背を預けて座っている彼の側まで行くと、彼と目を合わせる。

「あなたと話がしたいの。私についてきてくれないかしら？」

そう告げれば、彼は目を大きく見開き、それから力強く頭を縦に振って頷いてくれた。

彼はのそりと立ち上がると私のあとをついてくる。伝令係の青年は慌てた様子を見せたが、あらかじめ団長からの承諾を得ていると告げれば、それ以上何も言わなかった。

そう、私が自警団の団長にお願いしていたのは、彼が目を覚ましたら知らせてほしいということと、彼を牢屋から出す許可をもらうことだった。その両方が叶ったため離れ家から外に出ると、伝令係の青年に団長への言伝を頼んだ。青年はそれを快諾し、彼とはそこで別れた。

リオンと魔術師の青年と三人で邸に向かう。私は、魔術師の青年と二人だけで話がしたかったので、とりあえずそのまま私の部屋に行くことにした。


「さあ、どうぞ。そちらのテーブルの方でお話をしましょう？　リオン、僕は彼と二人で話をしたいから君は部屋に戻っていていいよ」

「おい、ルディ」

部屋の前まで行くと扉を開けて青年を中に招く。青年は抵抗するでもなく素直にテーブル席の方に行き、私も彼のあとに続こうとした。だが、不意にリオンに肩を掴まれて制される。それゆえ、仕方なくリオンの方を向いた。

「何？　心配してくれるの？」

「当たり前だろう。相手は魔術師だ。それにお前なんであいつにだけ例の口調なんだよ」

「その方が彼も安心できるでしょ？　彼、怯えていたし。それにもし、彼が魔法で攻撃してきたとしても僕には敵わないよ。精神異常なんて効かないし。それでもどうしても心配だって言うなら……イルマ！」

隣の部屋で待機しているのであろうイルマを呼ぶ。イルマとは長い付き合いだ。彼女が聞き耳を立てていることくらいお見通しである。

案の定私の呼びかけに、きまりの悪そうな表情を浮かべたイルマが顔を出した。

「……お呼びですか、ルディ様」

「うん。まずはただいま、イルマ」

「おかえりなさいませ。ご無事でなによりです」

「心配してくれてありがとう。で、イルマ。だいたい聞いていただろう？　リオンが二人だけじゃ心配なんだって。君も中に入ってくれない？」

「かしこまりました」

「あー、そうじゃねぇ……けど……もういいわ。お前なら問題ないだろうし」

「そう？　それじゃまたあとでね、リオン」

リオンはそうじゃないと言いつつも渋々了承し、ぶつくさ言いながら部屋に戻っていった。

リオンが部屋に戻ったのを見届けてから部屋の中に入り、防音の魔法を展開する。一瞬魔術師の青年がびくっと両肩を上げて顔を強張らせたが、すぐになんの魔法かわかったようで、ほっとしたような表情を浮かべた。

「さ、座って？」

部屋に設えられていたテーブルには椅子が二脚しかない。イルマが遠慮したために私たちがその椅子に座り、イルマは近くにあった机の椅子を持ってきて腰かけた。

全員が席に着き、落ち着いたところで青年にかけた魔法を解く。右の手のひらを相手に向けるように自分の顔の前で構えて、かけた魔法を払うイメージで手を右にさっとずらす。すると、男から「あ……」と声が発せられた。沈黙の魔法はきちんと解除されたようだ。

「どこか痛いところはない？」

「……首のあたりが少し痛いけどあとは問題ない」

「そう。それは私が手刀を叩き込んだ時の痛みね？　ごめんなさい。あなたには手を出してもらいたくなかったの」

青年に体調を聞けば、昏倒させるために放った私の一撃がまだ痛むらしく、首筋を摩《さす》りながらそう答えた。そのため、素直に謝罪する。

「わかってる。それであなたは何故俺をここに連れてきた？　何が聞きたい？」

「落ち着いて。尋ねたいことはたくさんあるの」

彼は私の謝罪を受け入れると、すぐさま用件を聞こうとしてきた。ゆえにそれを制し、落ち着かせてから話を切り出す。

「あなたは本来、あの男たちとはなんの関わりもなかったんじゃない？　あの男たちとの距離が少しあったもの。私はあの聖堂であなたと会った時、一対一で話がしたかったのよ。だから、あの男たちからあなたを引き離したの」

「なるほど。確かに俺は本来あの男たちとは関係がない。出会ったのは隣町の酒場で飲んでいた時だ。彼らに絡まれて、俺も酔っていたもんだからつい魔法を放っちゃってね。そしたら仲間にならないかって誘われたんだ。ずっと仲間になるつもりはなかったから、一回だけ雇われて旅費を稼ごうと思って」

「旅費？」

「ああ。俺はここからずっと南の方にあるヒューゲルフェルト地方の葡萄《ぶどう》農家の息子……だったんだけど、家族が皆流行り病で死んでしまったんだ。一人じゃ農業を続けることもできず途方に暮れてたんだけど、幸い俺には魔力があってね。昔魔術師の師匠に弟子入りしていて問題なく魔法が放てたのもあって、思いきって農園を売って王都に行こうとしたんだ。その途中であの男たちに会ったってわけさ」

「そうだったの。大変だったわね。そういえばヒューゲルフェルト地方はワインが有名ね。とてもおいしかったのを覚えているわ」

「そう言ってくれるとありがたい。皆知り合いみたいなものだから」

お妃教育で叩き込まれた知識は伊達ではなかった。目の前の青年が嬉しそうに目を細めているのだから。

彼はやけに協力的で、私の質問にすらすらと答えてくれる。あまりにもすらすらと答えるものだから一瞬嘘を並べているのかとも思ったけれど、彼の話を聞くに彼が言っていることはどうやら嘘ではなさそうだ。貴族――特に城の者たちと数多くのやり取りをこなせば、彼が嘘を言っているのかどうかくらいはわかるというもの。彼はただ雇われていただけで何も知らなかった、と村長たちに言えばそこまで深く追及されることもないだろう。

更に話を聞こうとして、彼の名前を聞いていなかったことに気付いた。いやだわ。私としたことがついうっかり……。

「あなたの名前を聞いていなかったわね。差し支えがなければ教えてほしいのだけれど」

「俺はヴェルフ。ヴェルフ・グルリット」

「ヴェルフ、いい名前ね。私は『ルディ』と名乗っているわ」

「なんで男の名前？　それにさっき……」

「今はこの格好だけど、本当は男だと言ったら？」

「嘘だね。魔力の流れ方が女性特有のものだろう？　あなたは女性だ」

「そんなこともわかるの？　あなたやっぱりすごいわ。そうよ、私は女性。でもわけあって男装しているの。だから男装してる時は話を合わせてくれると嬉しいわ」

「わかった」

男はヴェルフと名乗り、あっさりと私の性別まで当ててみせた。魔力の流れで性別がわかるなんて初めて聞いた。やはり睨んだ通り彼はすごい術者だと思う。ぜひ我が公爵家に欲しい逸材だ。

そう思いつつ、改めてヴェルフを光の下で見る。端整な顔立ちをしており、青みを帯びた濡羽色の髪と紫紺の瞳が実に神秘的だ。年齢はイルマと同じくらいだろうか。

「ヴェルフ、あなた今何歳？」

「二十六だけど」

「あら、意外と年上ね。イルマの三つ上かしら。私とは九つね」

「……十七？」

「そうよ。この姿だともう少し下に見えるかしら。それで、あなた結婚はしてるの？　一緒に暮らしたい人とかいる？」

「いや、そんな暇もなかったし結婚はしていない。だから一緒に暮らしたい人もいない」

「それはよかったわ！」

「え？　どう……」

「ところであなた、国に忠誠を誓っていないわね？」

彼の言葉を遮るのは少々不躾ではあるが、構わずに一番聞きたいことを尋ねた。

『国に忠誠を誓う』とは、国に申請をして、魔術師の認定を受けることだ。

魔術師はごく少数と言われている。かなりの使い手ともなればその数は十人にも満たないだろう。そのような使い手が野放しでは何かと不都合が生じるし、国からの流出を避けるためにも国は魔術師の数を把握して管理する必要がある。それゆえ優遇政策を行ない、魔術師申請に価値などを与えて自分から願い出るようにしているのだ。そこから『国に忠誠を誓う』と呼ばれるようになったのである。

申請は基本的に魔力を持つ者ならば全員しなければならない。とはいえ、魔法が扱えるのを隠す者が少なからず存在する。国としてはその状況を見過ごすわけにはいかず、ゆえにあれこれと手を尽くしてはいるのだが、彼らを見つけて申請させるのが非常に困難なため野放しのままになっているのが実状だ。

また、その者たちとは違い訳あって申請できない者もいる。それは仕事を長期間休めなかったり、王都に行けるだけの旅費が揃えられなかったりと理由はさまざまだ。ただ、そういった者たちは、あらかじめ国に報告すれば申請に行かなくてもいい、ということにはなっている。もっとも、魔術師として働きたいのであればその限りではないが。

ちなみに、何故ヴェルフが国に忠誠を誓っていないとわかったのか。それは簡単な話だ。魔術師として働けば普通に働くよりも多く稼げるし、待遇もいい。そのため、魔術師に認定された者たちのほとんどは、魔術師として王都で働いている。つまり、国に忠誠を誓っていれば普通はこんなところにいるはずがないのだ。まあ、彼の生真面目な性格からも、隠れているのではないだろうなとは思っていたけれど。

「そうだよ。王都まで遠くて畑もあったから行けなかったんだ。だからそれらがなくなった今、魔術師の仕事をしようと思って王都に行く途中だったんだ」

「魔術師の認定を受けたら就職したい場所とか、やりたいこととか何かあった？」

「いや、何も。向こうに行ってみないとわからなかったから」

「そう、ならヴェルフ。あなた私の家で専属魔術師として働くつもりはない？」

「あなたの家……？　貴族の邸ってこと？」

私の言葉をちゃんと理解してくれていたようで、ヴェルフは私に欲しい答えを返してくれた。彼の問いに「そうだ」と言う代わりにこくりと頷く。

貴族が魔術師を雇い入れることは可能だ。ただし、家格によって人数が変わり、公爵家は三人までとなっている。我が家はお母様を除いて皆魔力が高いので、わざわざ私たちよりも魔力の少ない魔術師を雇い入れる必要がなかった。でも、彼は別だ。才ある魔術師を犯罪者とさせないために……というのは建前で、ただ単に私が彼を欲した。正確には彼のセンスを。それに、彼はきっとお兄様と気が合うことだろう。

「私の家はそれなりに名のある家柄よ。お父様に好条件であなたを雇ってもらえるようにお願いするわ。ただ、あなたのことはしっかりと調べさせてもらうけれどね。どうかしら？」

私の言葉にイルマが物言いたげな表情を浮かべる。何かおかしなことを言っただろうか？

うーん、と内心で首を傾げる私をよそにヴェルフが話を続ける。

「どのみちあなたの話を受けなければ俺は牢獄行きだ。だったら俺は迷わずあなたの手を取る」

「情状酌《しゃく》量の余地はあるけれどね。頷いてくれてありがとう、これからよろしくね。あ、ねえ、ヴェルフ。あなた今回、人攫《さら》いの仕事だって知ってたの？」

「まさか!!　人助けだって聞いたから手を貸したんだ。それなのに……」

「もし、私たちが介入せずにここの令嬢が誘拐されていたとしたら、あなたはどうしていた？」

「たぶんご令嬢を逃がして俺も逃げていたと思う」

ヴェルフの迷いのない言葉に口角が上がる。彼が善良な人でよかった。そうでなければ、どんなに気に入ったとしても私は彼を聖騎士団に引き渡しただろう。

「それを聞いて安心したわ。ヴェルフ、あなたはこれから私の侍女のイルマ……彼女と一緒にうちに行ってもらいたいの。それでその際だけれど……」

ヴェルフがうちで働くにあたり、何はなくとも公爵邸に行く必要がある。ゆえに、その手筈などの詳細を説明する。

一方、イルマにはあらかじめ認《したた》めておいたお父様宛ての手紙と、ヴェルフの件についての簡単なメモを添えて託した。二人には明日の朝、この邸を出てもらう予定だ。その際、二人にはなんの憂《うれ》えもなくここを発《た》ってもらいたい。そのため、二人が発つ前にヴェルフが今回の誘拐事件について事前に知らなかったことと、嘘を告げられていたこと、そしてその人柄を必死に訴えて、聖騎士団に引き渡すのを阻止しなければならない。

もっとも、村長たちに話す前にまずはリオンに説明しておくべきだろうが。


イルマを隣の部屋に帰しヴェルフを連れて部屋を出ると、リオンの部屋の扉を何度か叩く。しかし、眠ってしまったのかなんの反応もない。

……仕方がないわね。ちょっと強硬手段に出ましょうか。

私は目を眇《すが》めて扉を見遣ると、瞬間的に高めた殺気を放った。

――ダンッ！！！

部屋の中でリオンが飛び起きたような音がする。たぶんその推測は間違っていないはずだ。それ

を証拠に、改めてノックをして呼びかければすぐに扉が開いた。

「リオン、あの、さ……っ⁉」

姿を現したリオンに話しかけようとして、途中で言葉を失った。

……っ⁉　んな、な……⁉

そこに佇んでいたのは上半身が露《あら》わになったリオンだ。それを見た瞬間、思わず悲鳴を上げそうになったけれど、それをすんでのところで堪えた。悲鳴を上げなかった私を誰でもいいのでどうか褒めてほしい。……なんて現実逃避したところで目の前の状況は変わらない。

……僕は男僕は男僕は男……。

リオンの鍛え抜かれた筋肉がいやでも目について、思わずその場から逃げ出したくなったが、必死に自分は男だと呪文を唱えてその場に留まる。

幸いなことに表情は崩れておらず、気にしていない体《てい》を装えた。さすがお妃教育。こんなことのために受けてきたわけではないけれど……。

「い、いやあ、寝てたのにごめんね～リオン。ちょっと話があってさ」

「……お前な。殺気で起こすのやめろよ」

「だって呼びかけても起きなかったからさ。とにかく上に着なよ。いくら僕の声がしたからってその格好で出てくるのはどうかと思うし、風邪もひくよ？」

「ああ、悪かったな。いつもの癖でつい……」

「いつもの癖？」

「いや、なんでもない。とにかく中に入れ。話があるんだろう？」

リオンに招かれてヴェルフと部屋の中に入る。造りは左右対称ではあるものの私が借りている部屋と同じだ。

ヴェルフが席を譲ってくれたので、礼を述べつつテーブルセットの入り口側の椅子に腰をかける。

一方ヴェルフは、先程イルマがしたように椅子を持ってくると、私の隣に置いて腰かけた。

それから然程間を置かずに、シャツを着たリオンが私の向かいに座ると、私はヴェルフの事情と聖騎士団引き渡しの件をリオンに話す。

「……てわけで、僕は彼を聖騎士団に引き渡すのはどうかと思う」

「それじゃこいつはどうするんだ？」

「きちんと国に忠誠を誓ってもらって、然るべきところで働いてもらうつもりだよ」

「あー、まあその方が国のためになるだろうしな。あんたはそれでいいのか？」

「構いません。むしろこちらからお願いしたい」

「わかった。討伐隊が戻ってきたら一旦呼び出されるだろう。その時に同じ話を村長らにもしてくれ」

「了解。ヴェルフもいいよね？」

「ええ。……ところで討伐隊って？」

そういえばヴェルフは今まで気を失っていたんだっけ。先程話した時もその話はしなかったから知らなくても当然だ。

「そうか。ヴェルフは知らないよね。賊たちの塒《ねぐら》だと思われる場所に残党がいないか、自警団が捜索しているんだよ」

「残党？　全員捕まっているよ？」

「えっ⁉　そうなの？　あちゃ〜。とんだ無駄足じゃん！　てっきりまだ残っているんだと思ってた」

ヴェルフの話を聞いて頭を抱える。

基本、拠点には数人くらい残しておくものだ。それなのに、彼らはそうしていなかった。本当に兵士、または騎士なのだろうか？　考えれば考える程わからなくなってきた……。

「お前、聞くならもう少し早く聞けよ……ってあれか。こいつ気絶してたんだっけ？　お前の手刀であっさりと」

「そう。さっき話した時もその話はしなかったね。うっかり」

「うっかりじゃねぇだろ。ってかお前さ、いつまでその格好なんだ？」

「ん？　ああ、これ？　着替える時間なくてさ。もうしばらくこの格好のままだよ。何か文句でも？」

「えっ？　……いや、別に何も。っていうかそれ、なんでこだわったんだ？　よくできた作り物だよな。お前の趣味か？」

「ブフッ」

「……」

リオンがとんでもない発言をしてきた。やけにしどろもどろだなと思っていたら、私の胸を指して作り物だと宣《のたま》いやがりましたよ。しかも「趣味か？」ですって？　もちろんにっこりと微笑みながら青筋を立てたのは言うまでもない。

隣では私が女だとわかっているヴェルフが、リオンの言葉に噴き出した。だが、すぐに片手で顔を押さえると、私とは反対の方を向いて肩を震わせる。

……ねえ、これ私怒ってもいいよね？　どっち？　どっち怒る？　両方？

とりあえず私は右手に風を纏い、双方を軽く一発ずつ殴ってその場を鎮静させた。

グランデダンジョンへ

深い青みを帯びた濡羽色の髪に覆われて、宝玉のような紫紺の輝きも、端整な顔立ちも今は何一つ窺うことができない。辛うじてわかるのは頭頂部あたりにある拳大のふくらみだけだ。

その頭頂部のふくらみも今は下を向いている。それというのも、顔が足に付くのではないかというくらい腰を曲げに曲げて、その者が許しを請い続けているからにほかならない。

何故彼がこの姿勢をしているのかと言えば、私が村長たちに、彼に関する顛末《てんまつ》を話したからだ。

彼――ヴェルフは話が始まった途端このような姿勢になり、そのまま今に至る。

「先程も述べました通り、彼は知らなかったとはいえ、犯罪に手を貸そうとしていたことに罪悪感を抱いています。もし僕たちが介入しなければ、ご令嬢を逃がして自分も逃げていたと言っていました。それを考慮し、どうか聖騎士団に引き渡すのはご容赦願えませんか？」

「事情が事情ですしな。私は構いませんが、村長はいかがです？」

「……このあと彼はどうするのですか？」

自警団の団長に話を振られた村長は、渋い顔をこちらに向けてヴェルフの処遇を聞いてきた。

「国に忠誠を誓ってもらい、その後僕の伝《つて》を頼って然るべきところで彼を見てもらおうと思っています」

「今回の件が、あなた方の狂言という可能性はありませんか？」

「そう言われてしまったら『信じてください』としか言いようがないですね」

私たちが共謀して今回の件を引き起こしたと言われれば、痛いところを衝いてきたと言わざるを得ない。苦笑しつつ無実を主張するが、あとは個々の判断に委ねるしかないのが実状だ。幸い自警団の団長は賛成してくれている。この調子で村長からもなんとか賛成をもぎ取りたい。

そう考えていると、突如リオンが私の頭に手を乗せて軽くぽんぽんと叩いてきた。何事かとリオンを見れば、村長に顔を向けたままのリオンが口を開く。

「村長はご存じないかもしれませんが、ルディを地下牢に連れていくと面白いものが見られますよ」

「何が見られるんですか？」

「大の大人たちが揃いも揃ってこいつに恐れ戦《おのの》く姿ですよ。それも、演技ではない本物です。見ものですよ」

そう言うとリオンが私を見てくつくつと笑う。そんなリオンに毒気を抜かれたのか、村長が小さなため息を一つ吐いた。

「……わかりました。あなた方を信じましょう。彼を聖騎士団に引き渡すことはしません」

「！」

「ありがとうございます。ヴェルフ、よかったね。それじゃ、君はこれからイルマとともに王都に行って国に忠誠を誓ってくるんだ。いいね？」

「はい。皆様、ありがとうございます」

村長の言葉にぱっと顔を上げたヴェルフは喜色満面だった。念のために釘を刺せばすぐに真面目な顔をして力強く頷く。

そのあとヴェルフは、団長たちに賊たちの話を一通り話してこの場を辞した。朝まで一眠りするようだ。

ヴェルフが去ったあと、残党討伐隊の報告を受けた。

ヴェルフが言っていた通り全員牢屋の中のようで、怪しい者たちには会わなかったらしい。ただ、代わりに賊たちの物と思われる荷物などを回収してきたようだ。それらは自警団員が検《あらた》めてみたそうだが、何かの手掛かりになるような物はなかったらしい。残念だ。

その後もなんだかんだとやっていたら、いつの間にか窓の外が薄っすらと白み始め、地平線の辺りが小麦色に輝いてきた。

いくら眠くなかったとはいえ、すっかり寝損なってしまった。これはまずい。夜更かしをするとお肌の調子が悪くなるのでイルマが目くじらを立てるのだ。夜更かしでそうなのだから、徹夜ではどうなることやら……。

そんなことを考えていたら、先程まで全く眠気を感じていなかったのに、段々と眠くなってきてしまった。

「おい、ルディ。お前大丈夫か？　寝てないんだろ？」

「うん、へいき……」

「眠そうだぞ？　一度寝てこい」

「大丈夫だって言ってるじゃないの……さ」

「……本当に大丈夫か？」

「……だめかもしれない」

危うく素が出そうだった。危ない。慌てて語尾を変えてごまかしたがやはり仮眠ぐらいはしておいた方がよさそうだ。

リオンに時間まで眠ることを伝えてその場をあとにすると、イルマのもとを訪ね、何かあったら起こしてくれるよう頼んで部屋に戻る。そして、そのまま着替えることもせずに、はしたないと思いつつも倒れるようにベッドに突っ伏した。


「ルディ様、朝でございます」

イルマの声で目を覚ますと辺りは完全に明るくなっていて、紺色の綺麗なグラデーションは雲一つない青空へと変わっていた。

髪が多少乱れており、服も着崩れていたのだろう。部屋に入ってきたイルマが私の顔を見るなり目を三角にする。一眠りして思考がはっきりし始めていた私には恐々とする姿だった。

とはいえ、そこまで怒られる程でもなかったらしい。そのまま横になった割には服の皺があまり見受けられなかったようで、「これなら着替えるより崩れを直す方が早いですね」とイルマに言われ、彼女のお小言をもらいながらもささっと全体を直してもらって、部屋を出た。

それにしても、何故イルマは直すだけにしたのだろう？　疑問に思い歩きながらイルマに問えば、「騎士があと半刻もしないうちに到着すると先程先触れがありましたので」と返された。なんでも、先触れを受けて「みんなで急いで朝食を摂ろう」という話になったのだとか。その話が急遽決まったために、イルマが連絡を受けた時には既に私の着替える時間はほとんどなくなっていたそうだ。

本当はすぐにでも着替えたかったのだけれど、先程のイルマの剣幕を思えば強くは言えない。仕方がないのであとで着替えることにした。

「よお、ちゃんと寝たようだな。スッキリした顔になっている。ってかお前、まだ着替えてなかったのか」

「おはよう、リオン。着替えるのも億劫でそのまま寝ちゃった。あとで着替える。ああ、ヴェルフおはよう」

食堂に行くと既にリオンが席に着いていた。挨拶を交わしているとヴェルフが来たので彼にも挨拶をする。ヴェルフは私たちに挨拶を返すとそのまま席に着いた。それに倣い私たちも席に着く。

その後、村長とカテリーネ嬢が来て全員揃ったところで朝食を摂り始めた。

カテリーネ嬢は、既に村長からヴェルフの話をかなりぼかしてではあるが聞いていたようだ。それゆえ食事は、カテリーネ嬢がまだ着替えていなかった私を見て目を丸くした以外は、途中まで何事もなく穏やかなものであった。

変化が訪れたのは出された料理が残り三分の二を切った頃である。

突如壁際に控えていた執事が何かに気付いたらしく、すっと部屋を出ていった。やがて、戻ってきたなと思ったら、そのまま村長の側に行き耳打ちをする。

「旦那様……」

「……わかった。皆様、聖騎士団の方々が到着したようです」

執事から報告を受けた村長がこちらに顔を向けて、聖騎士団の到着を告げる。予定より少し早い到着だ。

そのため急いで食事を済ませ、村長はもちろん、私とリオン、途中で団長と副団長も合流し、そのまま応接室に移動した。部屋の前まで行くと村長が扉をノックし、応えとともにまずは村長が、次いで自警団の二人が部屋に入り、最後にリオンと私が中に入った。

「失礼します」

断りを入れながら部屋に入ると、目に飛び込んできたのは二人の青年の姿だった。

一人は、灰赤色の癖のない髪を細い葡萄《えび》色のリボンで後ろに一つに結んだ青年。肩くらいの長さというのもあって、結んだ髪は猫じゃらしのような形になっている。容貌は端麗で淡い青碧《せいへき》色の瞳が美しい。すらっと背が高くて、どこか色っぽい雰囲気が漂う。

もう一人は、癖のある柔らかな赤錆色の長い髪を三つ編みにし、赤色の紐で括って前に垂らして

いる。これまた整った、されど優しげな容貌をしており、橙色の瞳はまるで瑞々《みずみず》しい果物のよう。

中肉中背の平均的な姿態で、礼儀正しい青年だ。

どちらも聖騎士団の制服をビシッと着こなしていてかっこよく見える。……まあ、それはいいのだが、何故会う人会う人皆美形なのだろうか、不思議でならない。

なお、灰赤色の髪の男はフィンと名乗り、赤錆色の髪の男はノアと名乗った。

私たちも彼らに倣い順に名乗っていく。そして私の番になった時、突如フィンと名乗った男が私の前に来て片膝をついた。私を含め皆が何事かとその様子を見守る中、フィンと名乗った男が不意に私の手を取り、手の甲にそっと口づけを落とした。以前私がカテリーネ嬢にやったのと同じものだ。

内心で驚いていると、フィンがその端麗な顔をこちらに向けてにこりと微笑んだ。

「見目麗しい人。今にも儚く消えてしまいそうなあなたに、こうして見《まみ》えることができ光栄に思います。つきましては、お近づきのしるしにぜひお食事でも……」

「……なっ⁉　ぼ……僕は男だっ‼」

我に返り、掴まれていた手を勢いよく引っ込めると、ルディの声音でそう叫んだ。それを聞いてフィンとノアが目を丸くする。

「……男？」

「ルディだ！」

「はぁっ⁉　男かよ！」

思わず目が据わってしまった私を誰が責められようか。隣ではリオンがお腹を抱えて笑っている。

とはいえ、少しは申し訳ないと思ったのか、一応笑いを堪えようとはしているみたいだ。でも、残念ながらうまくいっていない。まったく、相も変わらず失礼な男である。

「……」

ムッとしたので警告の意を込めてリオンをじろりと一瞥《いちべつ》する。途端に彼の笑いがぴたりとやんだ。その様子に少しだけ怒りを静める。すると今度は先程の歯が浮くようなセリフが脳裏に蘇ってきた。恥ずかしい。脳裏に蘇ってきただけでこんなに居たたまれなくなるなんて……。

お世辞や賛辞の言葉なら立場上数えきれないくらいかけられたし、言われ慣れてはいるけれど、面と向かって軟派な言葉をかけられたのは初めてだ。さすがの私もこれには免疫がなく、対応しきれなかった。よく言う『対応に困る』とはこういうことなのだろう……。どのような反応を示せば正解なのかも謎である。

「……ごほん！」

場がなんとも言えない空気になったところで、村長の咳払いが入った。それにより各々落ち着きを取り戻し、姿勢を正す。

そうして、みんなの聞く準備が整ったところでようやく本題に入った。

賊は全部で十八人（ヴェルフを除く）、リーダーと呼ばれていた男も確保済みだと二人に説明する。ややこしくなりそうなのでヴェルフの話はいっさいしなかった。あらかじめ村長たちとそのように取り決めていたからだ。よって、打ち合わせした通りの内容のみを話す。辻褄を合わせたつもりだし、おかしな点もないはずだ。

フィンとノアは不審がることもせず私たちの話を諾々《だくだく》と受け入れていた。それゆえ、このまま何事もなく終わるかと思っていたのだが、最後にフィンがとんでもない提案をしてきた。

「あんたら相当強いんだな。どうせ帰るんだろ？　このまま護送を手伝ってくれないか？」

「途中までで構わないなら」

「え？　リオン受けるの？　……それじゃ僕は着替えてくる」

護送の話は別に構わない。このあとここを出て王都に戻るだけだから。リオンもそう思ったらしく、フィンの提案に即答していた。

私はルディの姿に戻るべく一人その場を辞して部屋へと戻る。

部屋にはイルマとヴェルフとこの邸のメイドがいて、私が着替える旨を伝えるとヴェルフとメイドが下がり、イルマだけがこの場に残った。なお、メイドが下がる際彼女にお湯をお願いしたのだが、もう既にイルマが用意してくれていたらしく、待つこともなくすぐに湯あみができた。

一旦髪の色を落としてイルマに改めて琥珀色《ルディ色》に染め直してもらう。全身のオイルマッサージはルディに必要ないので、食い下がるイルマにはなんとか我慢してもらったが、髪の手入れだけは譲れなかったらしい。しっかりとオイルを塗りたくられた。それが終わると、髪を軽く梳かす。無造作に跳ねた髪は、オイルを塗ったのもあって整髪剤で整えているかのように纏まっている。手入れも楽だし、本当に便利な髪型だ。

髪が終わったら次は着替えだ。上半身に、薄地の長い布をこれでもかというくらいきつく巻き付ける。するとあっという間に胸が平らになった。その上にシャツとベストを着て、スラックスを穿き、ブーツの中に裾をしまう。更にコートを羽織って最後に手袋と愛用の男性用剣を佩けば、いつものルディの出来上がりだ。仕上げに眉をさりげなく凛々しくしてもらった。

ルディの姿は、女性の格好をするのに比べると支度時間がとても短くて、何よりも楽だ。リオンたちをそれ程待たせることなく済むのもよい。

支度が整ったので、イルマとともに近くの部屋で待機しているヴェルフのもとに行く。すると、ヴェルフは私を見るなり目を見開いて固まった。まあ、当然そうなるわ。目の角度が正反対なのだから。

「ル……ディ様？」

「そうよ。これが私の素顔なの」

ほかの人に聞かれないように声を落として言うと、ヴェルフが頻りに頷きながら口を開いた。

「儚げ美少女かと思ったら、目が眩《くら》む程の華やか美女とは恐れ入りました。さすがですね」

その言葉に今度は私が目を丸くする。

……おっかしいなぁ。一応男装なんだけど……？

そんなやりとりを一頻り交わしたあと、イルマとヴェルフを伴い一階に下りた。下りたら下りたで今度は例の二人が『誰だ、こいつら？』と言わんばかりの顔でこちらを見てきたのだが、もうその反応は先程見てお腹一杯なのでまるまる無視した。

「準備できたようだな」

「うん。この二人はそろそろ行くみたい」

「そうか。……真面目にやれよ？　元気でな」

「わかってる。すまない、ありがとう」

リオンがヴェルフに声をかけると、ヴェルフはリオンに頭を下げた。いろいろあったけれどこれでよかったみたい。

「二人とも気を付けて」

「はい、ルディ様たちも」

ヴェルフとイルマを見ながら気遣う言葉を口にすると、イルマは眉尻を下げて心配するような表情を浮かべてきた。それを満面の笑みでもって返す。

実はイルマは始終「このまま帰りましょう？」と私に言っていた。けれど私は、彼女と一緒に帰るつもりは微塵もなかったため、それとなく躱していたのである。とはいえ、懇願する彼女に対してすげなくしていたわけではない。今回彼女が側にいてくれて本当に心が和《な》いだし、彼女には感謝している。でも、それとこれとは別だ。今もじっと見つめてくるイルマに、私は小さく首を横に振ってみせた。

するとようやく私の意思がゆるぎないと悟ったのか、イルマはため息を吐いて寂しそうに微笑んだ。……でも、心なしか口元が『へ』の字になっていたような……？

ともあれ、ごたごたはしたものの二人は（無事？）この村を出ていった。その時のイルマの表情は……彼女の名誉のために内緒にしておこう。

二人を見送り村長の邸に戻ると、外玄関で騎士たちが、聖騎士団の用意した罪人専用の馬車に賊を詰め込んでいるところだった。その様子を眺めていたリオンの脇に立ち、二人が行ったことを告げる。するとリオンが、こちらに顔を向けて口を開いた。

「大丈夫なのか？　二人だけで行かせて。知り合いなんだろう？」

「大丈夫、彼女は優秀だからね。防御魔法もかけてあるし。それにイルマはヴェルフの監視役として同行させたんだよ。彼が逃げないかどうかのね。でも彼はたぶん逃げないと思う。今頃上機嫌でイルマと王都に向かっているだろうね」

イルマと私の関係はいっさい説明していないため、その部分に関してはあえて無視をし、ほかの質問にだけ答えた。リオンも端から答えが返ってくるとは期待していなかったようで、そのまま話を続ける。

「なんで上機嫌だってわかるんだ？」

「ひみつ」

人差し指を口元に持ってきてにこりと微笑む。するとリオンは、目を泳がせつつ「そうか」と小さく言って、再び視線を馬車の方に戻した。それがおかしくて、つい笑いながら彼の視線の先を見る。折よく聖騎士団の準備も整ったようだ。

……さて、そろそろ私たちもここをあとにしますか。

賊たちも皆馬車に入れたし、私たちがここですることはもうない。部屋に置いていた荷物をとって玄関に戻ると、そこにいた村長に挨拶をした。

「それでは、私たちはここで失礼します」

「お世話になりました」

「とんでもない、こちらこそ本当にありがとうございました。あなた方が居なければ今頃娘は……」

村長は私たちに何度もお辞儀をして、感謝の言葉を述べた。だが、私たちはただ任務を遂行しただけなので、彼が礼を述べる必要は全くない。村長にもそう伝えたのだが、結局村長は私たちが邸を出るまで頭を下げたままだった。私とリオンが苦笑いを浮かべていたことは言うまでもない。


半日かけて歩いてきた道を、聖騎士団の用意した予備の馬に乗ってゆっくりと戻る。本当は一人で乗りたかったのだが、そんなに馬を貸せないと言われたため泣く泣く諦めた。

現在私はリオンと二人乗りをしている。リオンの後ろに乗り、彼のお腹に腕を回して落とされないようにするだけで、あとは私のすることは何もない。時折たわいもない話をリオンとするくらいだ。

ちなみに、私があの時の令嬢だったとフィンとノアが気付いたのは馬に乗ってからだった。「あの女装少年は？」とフィンが尋ね、私が「誰が女装少年だ！」と突っ込みを入れたらようやく気付いたようだ。再び目を丸くした二人の顔と言ったらなかった。

そうして村長の邸を出てから北に向かうこと三時間余り。木々ばかりの単調な道に辟易し始めてきた頃、一本だった道に分岐点が現れた。変わらず真っ直ぐ伸びる大きな道と、そっと逸れるように分かれた細い右の道。右は北東の方角へと続いている。この先はグランデダンジョンか。グランデダンジョンと言えば聖騎士団が警戒していたはずである。

確か魔法師団師団長が『グランデダンジョンで不穏な気配がする』とかなんとか言っていたって

話だったけれど……。

そう思い改めて辺りに注意を向けると、村を出た頃には感じられなかった、何かが爆発する寸前のような嫌な気配が感じられた。ぎりぎり抑えられていたけれどもう限界ではちきれそうな、そんな雰囲気だ。でも、ダンジョンから離れているためかほかの人たちは気付いていない。ゆえに、リオンにだけ話をしようと彼の服の裾を軽く引っ張った。

「ん？　なんだ、ルディ？」

「リオン、グランデダンジョンに行こう？　すごく嫌な感じがする。きっと、もうすぐ……」

「そんなにヤバいのか？」

リオンの言葉に「うん」と小さく呟くとリオンはそれっきり黙ってしまった。

「……だが聖騎士団が控えているだろ」

「きっと魔法が必要になる。魔術師は一人でも多い方がいいよ」

しばらくしてリオンが口を開いたが、私はなおもその言葉に食い下がった。本当に嫌な気配なのだ。それが気のせいであればいいが、残念ながら気のせいではないと思う。何かが爆発する寸前のような気配なんて初めて感じたもの。

やがて、私が一歩も引き下がらないと見るや、リオンは小さくため息を吐き「ちょっと待ってろ」と言いながら、馬をフィンたちの方に寄せた。するとフィンがそれに気付いたようで、口を開く。

「どうしたんだ？　何かあったか？」

「フィン・ディートマー！　ノア・ミカエラ！」

「「!!　はっ！」」

……え？

「我々はこれよりグランデダンジョンに赴く！　よってこれより先はお前たち第三部隊に任せるが、部隊長はいないので副部隊長であるフィンに一任する。ノアはフィンの補佐をしてくれ」

「しっ、しかし彼は部外者では？」

「ノア、師団長殿は来ているのか？」

「い、いえ、まだ……」

「魔術師は多い方がいい。彼は即戦力になり得る。それに、もう間もなく事が起こると感じたらしい」

「なら我々も！」

「いや、お前たちはこのまま任に当たれ」

「「はっ！」」

ノアが私を連れていくことに対して難色を示し、それをリオンが一蹴する。もう時間がないのだという私の焦りを感じ取ってくれたのだろうか。

それはともかく、いつもの砕けた調子で言葉を発するのかと思いきや、リオンは今までに見たこともない精悍《せいかん》な表情を浮かべて、覇気のある声音でフィンたちに命令をしていた。一方のフィンたちも、当然のこととして敬礼し返事をしていた。これに驚かずして何に驚けと言うのか。

「リ、リオン？」

「……あとで話す」

あまりのことに困惑しつつリオンの名を呼べば、リオンは私から顔を逸らしてそう言った。今はまだ話したくはないようだ。

私たちはすぐに護送隊の人たちと別れ、馬の速度を上げつつ急いでグランデダンジョンに向かった。

その間リオンはずっと無言で、私もそんな彼に声をかけにくく、結局ダンジョンに着くまで彼が何者なのか、いったい何が起こっているのか、わかるはずもないことを延々と考え続けたのだった。

スタンピード

街道を逸れて北東に馬を走らせること十分足らず。然程大きくもない森に辿り着く。森の入り口には見張りと思《おぼ》しき二人の騎士がおり、その騎士たちの制止をリオンが強引に押し切って森に入った。

そうして、木々生い茂る森を注意深く進む。辺りは鳥の囀《さえず》る声と、時折吹く風に揺れて聞こえてくる草や葉の擦れる音、そして私たちが乗る馬の蹄の音だけで、至って長閑《のどか》である……と言いたいところだが、小動物の姿さえ見受けられないこの静かな状況は、かえって不気味だ。

グランデダンジョンは王都の冒険者ギルドからとても近く、ダンジョンでの依頼が多いこともあり、リオンとコンビを組んで何度か訪れている。ほかにルートもないことから依頼を受ける度にこの道を通っているのだが、その度にウサギやリスなどの小動物を見かけていた。その動物たちが全然いない。まるで何かを敏感に感じ取って隠れているかのようだ。

それを裏付けるかのように、先程私が感じた嫌な気配は、注意を向けずとも感じられるくらい強くなっていた。けれど、リオンにはさっぱり感じられないらしい。彼にも魔力はあるはずなのだが……。

やがて森を抜け、開けた平原に出る。平原は、すり鉢《ばち》状の巨大な穴が点在しながらも延々と広がっており、はるか遠くを見遣れば山々が連なっていた。その手前には森があり、更に手前には平原の中にぽつんと一つ、私の身長五倍程の山があった。その山は、まるで口を開けて威嚇しているかのように大きな入り口を私たちの方に向けている。それこそが私たちの目指すグランデダンジョンだ。

といっても、ダンジョンまでは距離がある。そのため、馬を止めることなく先へと向けた。

馬を進めて平原も中程まで来た頃。ふと振り返って後ろを見ると、北西の方角に屹立《きつりつ》する城がはっきりと見えた。ここからでは見えないが、城の南側にはタウンハウス街、庶民街、職人街が扇状に広がってある。つまり、王都とこのグランデダンジョンはそう離れてはいない、むしろ目と鼻の先くらいの距離にある、ということだ。

それは何も知らない人からすれば、首を傾げざるを得ない話だろう。王都とダンジョンが近いことによる利点なんてほとんどないのだから。ただ、この国がどういった理由で作られたのかを知ればすぐに解ける話だったりもする。

私の生まれたグレンディア国は大地の女神ヴェルテディアが、この国一帯に点在する魔物の巣窟――いわゆるダンジョンと呼ばれるもの――から世界を守るために作った、と言われている。

ダンジョンはいくつもあるにもかかわらず、何故かこのグレンディア地域にしかない。それだけならまだしも、百年に一度魔物がスタンピードを起こし、人々を苦しめてきた。

それに心を痛めた女神ヴェルテディアは、その者たちを護らんとこの地に下り立ち、すべてのダンジョンを囲むように広大な守りの結界を張り、その中心に居を構えた。その居がグレンディア城である。

それ以降、結界の内側である国内では魔力を持つ者が次々と生まれ始めた。ほかの国では基本魔力持ちは生まれないため、魔力は、百年に一度起こるスタンピードから民を守るために女神が寵愛《ちょうあい》する者――愛し子に授けた力だと考えられている。

それゆえ百年に一度の周期で起こるスタンピードの際には、グレンディア軍総出でここの制圧に当たってきた。それこそ、近衛騎士団《ケーニヒリッター》……だけは王家を守るために城に残らなくてはならないが、魔法師団《ツァオベラー》から聖騎士団《ハイリヒリッター》、果ては傭兵師団《ゼルトナー》まで。皆、団の垣根を越えて王都を死守するのだ。

だが、少しおかしい。確か前回のスタンピードからは八十年程しか経っていないはずだ。三年前にもイストゥールダンジョンでスタンピードが起こっていて、それすらもおかしいといまだに言われ続けているのに、グランデダンジョンまで起こりそうとはいったい何がどうなっているのか……。

まさか周期が短くなっているとか？

しかし、不思議に思ったところで、これから起こるはずのスタンピードが止まってくれるわけでもない。起こるのはほぼ確実とみていい。ならば今は余計なことを考えず、事が起こった時に備えて意識を集中していた方がよさそうだ。

そう考えた私は、スタンピードだけに意識を向けることにした。

そうして、更に馬を進めること数分。ダンジョンに近づくにつれ、白い鎧《よろい》のようなものを着ている集団が見えてきた。その近くには、野営のための大きな天幕がいくつか張られてある。

リオンがそちらに馬を進めると、然程かからずに相手の顔がわかる距離まで近づいた。ここまで来ればその者たちが何者なのか誰でもわかる。彼らは聖騎士団の騎士たちだ。

騎士たちは皆、私たちが来ていることに気付いていたようだが、すぐに馬上の人物が誰かわかったようで警戒を解いていた。しかし更に近づくと、私の存在にも気付いたのだろう。再び彼らに緊張が走ったのがわかった。その中で、一人だけ青いマントを纏っている騎士が集団から一歩前に出てこちらを見る。

青いマントを纏うのを許されているのは、聖騎士団の団長と副団長だけだ。つまり彼はそのどちらかなのだが、私の記憶が正しければ彼は団長のはず。副団長は会ったことがないのでわからないけれど、ほかにマントを纏っている人もいないので、たぶんそうだろう。

騎士たちの前まで来るとリオンが馬から降りた。よって、私もすかさずぴょんと飛び降りる。すると、私が着地した音とは違う、ドンッという重低音が微かに聞こえた気がした。しかし、耳を欹《そばだ》てても、もうその音はしない。気のせいだろうか？

念のためにもう一度耳を澄ましてみたが、直後に会話が始まってしまい断念せざるを得なかった。

「部外者は立ち入り禁止のはずだが？　森の入り口で引き止められなかったか？」

「あいつらを怒らないでやってくれ。引き止めようとするあいつらに俺が命令したんだ。もう間もなく事が起こるとこいつが言うからな。見る限りまだ師団長殿は来ていないようだが」

「確かにまだ来てはいないが、だからといって部外者を連れてきていい理由にはならない」

「そう言わないでくれよ、団長。師団長殿がいない今、最強の助っ人だ」

やはり団長か。昔殿下とともに一、二度程お会いしたことがあったのを朧《おぼろ》げにだが覚えている。改めて彼を見れば、こんな感じの御仁だった気が……しないでもない。

この国に多い茶色い髪は短く切り揃えられていて、目は榛色《はしばみいろ》。がっちりとした筋肉質の体はご令嬢方に『守ってもらえそう』と大人気だとか。名前は確か……そう、エリーアス・デュナー様だ。彼は武官で有名なデュナー伯爵家の三男だったはず。今は家を出て騎士として国に仕えていて、三年程前に聖騎士団団長に抜擢されたのだったか。年は私よりも一回り以上上、結婚していて夫人は幼馴染の子爵令嬢だった方なのだとか。愛妻家でまだ小さい娘さんがいるとお母様のお茶会で聞いたことがある。

……いやだわ。お茶会ってやっぱり伊達じゃないのね、疎かにはできないわ。

団長の顔を見ながらそんなことを思っていると彼と目が合った。……かと思えば団長が目を見開く。

「まだ子供じゃないか！　どこで拾ったんだ、返してこい！」

「誘拐じゃねぇって。俺が出入りしているギルドの相棒だよ」

「この子が、あの例の？」

「初めまして、ルディで…………さっそくですが団長殿。彼と言い合っている暇はありません」

「どういう意……」

――ドンッ！………ドドドドドッ！！！

団長が言い終わらないうちに、妙な爆発音と何かが駆けるような重たい音が彼の後方から聞こえてきた。団長のすぐ後ろに控えていた騎士たちがその音に反応して瞬時に振り返る。

一方の私と言えば、何が起きているのか予想は付くも、騎士たちが壁となり確かめることができずにいた。

……ああ、もう。見えないー!!　……ってあ、見えた。

偶然できた隙間から覗けば、ダンジョンの入り口と思しき辺りで異様な姿の生き物がひしめき合っているのが見えた。スタンピードである。

「……っ！」

それを見た瞬間、体が勝手に動いていた。騎士と騎士の隙間に割って入り、騎士たちを掻き分けながらダンジョンの方へと駆け抜ける。

「おい、ルディ!!　ダメだ、行くな！　戻れ!!」

「リオン！　彼らを下がらせてっ!!　僕の魔法のあとで倒し損ねた魔物たちをみんなで手分けして倒していって！」

辛うじて聞こえたリオンの声に足を止めて振り返ると、お腹の底から声を出してリオンに届くように叫ぶ。

「よせ、やめろ！　ルディーーッ！」

彼が必死に私を止めようとするがそれを無視してすぐに向き直ると、再び全力で走って騎士たちの前に出た。

一瞬お父様の言葉が頭を過ったが、ここで私が安全圏に逃げたら多くの人が魔物の被害に遭う。それがわかっていて逃げるなんて、そんな真似はできない。それに私は曲がりなりにも魔術師だ。魔術師の本当の仕事は国に尽くすことではなくて、スタンピードから民を守ることである。お父様もきっとわかってくださるはずだ。

大きく深呼吸をするといっさいの迷いを捨てて、キッと魔物を睨む。すると魔物は何かを察したのか、一斉にこちらに向かって突進してきた。

グランデダンジョンの魔物は主に物理攻撃を得意とする大型獣が多い。グレートベアにダークファング、ビーストウルフやキラーハウンドなどいろんな種類がいて、どの魔物も皆魔法に弱いという性質を持つ。もちろん打撃でも倒すことは可能なのだが、魔法だと更に簡単に倒せる。

でもだとしたら、武器で戦うのが基本の聖騎士では少々荷が重いのではないだろうか？　そう疑問に思うかもしれない。けれど、聖騎士の中にも魔法を扱える者たちは少なからずおり、その騎士たちが魔法を駆使すれば、同時に複数の魔物と渡り合うのも理論上では可能な話だ。とはいえ、聖騎士の扱う魔法は自己強化を主とした魔法がほとんどなので、攻撃魔法ならばやはり専門である魔法師団に任せるのが得策だろう。

だが、いまだその姿がない。それどころか傭兵師団さえ来ていないようだ。現在ここにいるのは一個師団程の聖騎士だけである。

おそらく、事が起こるか否か上の意見が分かれたのだろう。そのため、全軍をここに差し向けるのが難しくなり、団長率いる第一師団に白羽の矢が立ったと考えられる。軍上層部は狐《きつね》と狸の化かし合いが常だからなぁ……。実に面倒くさい。

団長率いる第一師団は、聖騎士団の中でも精鋭揃いだともっぱらの噂だ。しかし、いくら精鋭揃いとはいえ、あの数は一個師団で抑えきれるものではない。たとえ魔法師団が到着するまでの繋ぎだとしても、だ。

それでも、魔法師団を待つ間私たちだけで持ち堪えなければならず、それは正直なところかなり厳しい。だが、それがわかっていたとしても誰一人欠けることなく帰還したい。とすれば、私が魔法ででき得る限りの魔物を倒して数を減らすのが、負傷者の数を抑える最善の方法ではないだろうか。

そうなると、最初の一撃はなるべく大規模で破壊力のある爆撃魔法がいい。制御可能な範囲で最大威力の爆撃魔法ともなれば、一度に相当数の魔物を減らせるはずだ。ただし、こちらの負担も相当なものになるだろう。だが、やるしかない！

……よっし！　いっちょ頑張りますか！

大きく息を吐き出し気合いを入れると、両手のひらを天に向け両腕を軽く真横に広げた。

……できる限り速く大量の魔力を。されど慎重に。魔法が暴走したら元も子もない。よって加減を見極めて……。

慎重に慎重を重ねて私の中の魔力を両手に集める。

普通の魔術師ならば、全魔力を一か所に集めてもなんら問題はない。けれど、私の場合は魔力がありすぎるために全魔力を一か所に集めてしまうと、制御しきれずに大惨事を引き起こしてしまう。

だから私は、どのくらいまでなら制御できるのかを把握する必要があったし、把握してからはその量を違えないように心がけてきた。今回もそれに気を付ければ大丈夫だ。

やがて、魔力がごっそりと両手に持っていかれ、両手に強大な力が集まっているのが感じられた。その魔力を極限まで圧縮して体の外に出す。すると諸手のそれぞれ数センチ上に、光り輝く魔力球が浮かび上がった。

それをちらりと見る。大きさは私の拳くらいだろうか、魔法に明るい者が見れば思わず逃げ出す大きさだ。なにせ普通の火や水の魔法ではなく、圧縮された魔力の塊なのだから。それが二つもあるのだ。脅威以外の何物でもない。

私が得意とする爆撃魔法は魔力を極限まで圧縮して放つ魔法だ。魔力を直接敵に当てるので属性は存在しない。そしてこれは上級魔法であり、それなりの魔力量と技術を持つ者しか放つことができないとされている。よって、あまり現実的ではない爆撃魔法は一般的に忌避される傾向にある。

では、何故私がこの魔法を得意としているのかというと、それは生きていくうえで必要だったからだ。とはいっても、当時まだ三、四歳だった私が覚えている事柄などほとんどなく、真偽の程は定かではない。だが、お父様たちから聞いた話なので間違いないだろう。

私は普通の人より多くの魔力を持ってこの世に生まれてきた。魔力量でみればこの国一と（魔術師たちに）称されるお父様よりは少ないものの、お兄様ともどもこの国の王よりも抜きん出ている。それゆえに王太子殿下と婚約したと言っても過言ではない。まあもっとも、殿下はあまり私に興味を示さなかったので知っているかどうかは怪しいが……。

ちなみに魔力の量が人並み以上であることを、高魔力とか魔力が多いなどと表現したりする。その中でも多いか少ないかでまた分かれるのだが、それはともかく。

魔力を持つ者は生活する際、無意識のうちに魔法を使っていたりする。だが、魔力が減っても自然と回復するので、枯渇寸前でもなければ魔力の増減を気にする者はいないだろう。

私も例に洩れず魔力が減れば自然に回復するが、その回復の仕方が意外とえげつない。それというのも、魔力が完全に回復したにもかかわらず更に魔力を補おうとするからだ。これをえげつないと言わずしてなんと言うのか。ただでさえ人並み以上の魔力を持っているのに、飽和状態から更に追加されるのだから、その苦しみは推して知るべし、である。

一方、魔力がなくても生活する分にはなんら差し支えはない。けれど、多すぎれば異常を来す場合がある。あまり記憶にないが、私の場合は幼い頃に体が弱かったらしい。……お父様が私に甘いのはそのためだろうか？

それはさておき、お父様の話によると、体が弱かった私は症状緩和のためにお父様に魔力操作の方法を教えてもらい、それ以降お父様の結界が張られた訓練室で、魔法を放つようになったらしい。すると魔法を放つ度に体調が良くなり、すっかり健康体になったのだとか。そして、恐ろしいことにその時教えられたのが爆撃魔法なのだそうだ。幼子になんて危険な魔法を教えるのかとあとから聞いた時には思ったが、何故爆撃魔法を教えたのかと理由を尋ねても、お父様は答えを濁すだけで教えてはくださらなかった。

ともあれ、爆撃魔法は魔力をごっそりと持っていってくれる。それにより私は体が軽くなり、走り回……動けるようになったらしい。そして、それを見たお母様に剣を握らされるようになったのだとか。

やがて魔力が制御できるようになると訓練室で魔法を放たなくてもよくなった。魔力球を浮かせるだけで魔力を消費してくれるし、浮かせた魔力は放つことなく消し去ることが可能なので、毎朝起きる時にやればその日一日元気でいられるようになったためだ。

だが今朝は、前日大暴れして魔力が減っていたこともありいまだ行なっていない。加えて、賊たちの命を奪うつもりはなかったので爆撃魔法も放たなかった。そのため、幸いにも魔力はほぼ満杯だ。

つと魔物らを見れば、魔物はその数を増やし魔法の射程範囲内にまで達していた。好機だ。

両手を上げると狙いを定めて振り下ろす。すると、両手に留まっていた二つの魔力球が勢いよく飛んでいき、それぞれ狙った場所に命中した。

――ドゴオォォオン！！　ズズズ……。

耳を塞ぎたくなるようなけたたましい音とともに凄まじい爆風がこちらにまで届く。大きな石はこちらまで届かないが、時折小石が飛んでくる。それを防御魔法で弾く。周りの騎士たちも難なく石を躱しているようだが、全体に防御壁を張っておけばよかったかな。

しばらくして爆風が収まり、粉塵に覆われていた視界が開けてくると、即座に辺りの様子を確認する。魔物はその数をだいぶ減らしていて、ざっと見るに半分弱程減らすことに成功したようだ。

だが、まだ油断してはいけない。魔物は一瞬怯んだだけで、爆風が収まるのと同時に動きを再開した。

私もすぐに次の行動へと移る。魔力は先程の一撃でごっそりと持っていかれてしまったけれど、まだ余裕で戦えるだけの魔力は残っているので問題ないだろう。これ以上魔物が横に広がらないように、群れの両端を再び爆撃魔法で叩く。先程のような威力はないが、然程集中しなくても一度に十体強を倒すくらいの魔法は扱える。それを惜しみなく放っていく。

倒し損ねた魔物は「ここは任せろ」とか「君はできるだけ多くの魔物に魔法を」との言葉とともに、いつの間にか戦闘を開始していた騎士たちが見事仕留めてくれた。なんてありがたい。

そんな彼らにお礼を言うと、即座にひしめき合う魔物たちの群れの中に爆撃魔法を放った。すると魔法は寸分違わず狙った場所に命中する。

――ドォォン……!!

魔物はあちこちに飛ばされそのまま絶命していった。だが、これだけでは足りない。もっと魔法を放って敵の数を減らさなくては。今の攻撃で倒せたのは十体強。魔力を温存してより長く、そしてより多くの魔物を倒すために、これから先、ほかの魔法も併せて放った方がよさそうだ。

さて、そうと決まればなんの魔法にしようか。火？　いや、氷がいいだろうか？　風で殴っていくっていうのもありだ。あ、でも剣も捨て難《がた》いので剣も持とう。……ってやだ、不謹慎だけどちょっと楽しいかも。

そうして私はあれこれと考えながらも、剣を片手に黙々と魔法を放ち続けたのだった。

爆撃魔法でかなりの魔物を倒したため、ダンジョン入り口の勢いはなくなってきたが、いまだに魔物は姿を現し続けている。そこを狙って魔法を放ち、間近に迫ってきた魔物は腰の剣を引き抜いて問答無用で斬り捨てていく。

あれから何度も爆撃魔法を放ったので正直疲弊はしているが、なんとしてもここで押し止めなくてはならない。私の背後には王都があり、王都には国王陛下はもちろんのこと、大事な人たちがいるのだ。そのため、新たに防御魔法をかけ、気合いを入れ直して魔物に挑む。

とはいえ、闇雲に向かっていくわけではない。魔物は種族によって対処法が異なるため、その対処法に則って戦えばいい。

グレートベアは巨体なので剣や魔法を当てやすい。大きな氷柱《つらら》を一つ生み出し心臓目がけて放つ。が、魔法はわずかに逸れてしまい、反対に襲ってこられたので剣で払う。すると、魔法を放っていたこともあり、あっさりと動かなくなった。

数匹で攻撃を仕掛けてくるダークファングは、陣形を崩すために一匹ずつ炎で囲む。それにより怯《ひる》んでばらばらになるので、あとは斬り捨てるだけでいい。

ビーストウルフは頑丈な顎《あご》が特徴だ。一噛みするだけでその部分が消失してしまう。だが、然程素早くはないので噛まれる前に斬ってしまえばいい。更に言えば、遠距離攻撃が有効なので魔法を放てば楽勝だ。風を使い、一か所に集めて爆撃魔法を放てばあとには何も残らないし、うまくいけば周りの敵も巻き込める。

キラーハウンドは素早く振り下ろされる鉤爪《かぎづめ》がネックだ。けれど、素早さならば私も負けてはいない。風を纏い、地を蹴って、高速移動で撹乱《かくらん》しつつ素手で顔面を殴りつける。剣で攻撃すると素早さが落ちてしまうのでこれが一番よい方法だ。人間相手の場合力を加減する必要があるけれど、魔物相手ならば加減する必要がないので思いきり殴ることができる。ただ、力任せに殴ってしまうと見るも無残な姿になってしまうので、そういったものが苦手な方にはお勧めできない。

なお、私の場合お兄様が必死に止めに入るので、着替えを持たずにギルドに行く日には控えるようにしている。一度返り血を浴びて帰ったら物凄く心配されて、『魔物相手でも道徳に反する』とわけがわからないことを懇々と諭された。やらなければこっちがやられるのだけれど……。今回は試しに防御壁を張ってみようかしら……。

ともあれ。ここグランデダンジョンにいる魔物はどの種族も皆似たり寄ったりの強さなので、対処法を適切に用いれば難なく倒せる。ご多分に洩れず私も難なく魔物を倒せるが、初めて戦った時はいくら魔物とはいえ命を奪ったことに衝撃を受けて、しばらくの間夢に出てきたものだ。しかし、何度も戦っているうちにいくらか慣れてしまった。慣れとは恐ろしい。……なんて物思いに耽っている場合でもないか。

襲ってくる魔物を一体ずつ丁寧に倒しつつ、合間に魔物が多く集まる場所や入り口付近を狙って爆撃魔法を放つ。

周りを見れば、騎士達が数人ずつのチームに分かれて次々と魔物を倒していた。一人が危ない状況になっても、ほかの騎士がすぐに助けに入り魔物を倒すので、確実に魔物の数が減っていく。

気が付けば魔物の数は更に少なくなっていた。団長が率いるこの師団は思っていた以上に優秀だったみたい。嬉しい誤算だ。

だが、私の方はそろそろだめなようである。顔には出さないものの、ここまでくるとさすがにつらい。いくら難なく倒せるからといっても、限度というものがある。魔物が百体くらいまでなら倒すのは簡単だけれど、その数が百体以上、更に魔力をごっそりと持っていく爆撃魔法を多用すれば、当然高魔力の私と言えど魔力が底をつく。そうなると肉体の疲弊と一緒で動きは鈍くなるし、急激な眠気に襲われることもある。現に、私は体がだるい。それを隠して戦ってはいるし、もう少し戦えるだけの余力もあるものの、いったいいつまで魔力が持つか……。

「やるな、少年。ルディといったか。剣の筋もなかなかだな」

「団長殿にお褒めいただけて光栄ですね」

「君のおかげで魔物がだいぶ減った。少し後ろに下がって回復に努めるといい」

「ありがとうございます。もう少ししたらそうさせていただきます」

近くで戦っていた団長が私の状態を的確に判断して声をかけてくれた。そして、すぐに別の場所に移動し、周りの者に目を配りながら己の敵を葬り去っている。素晴らしい力量だ。さすが聖騎士団の団長というところか。

リオンも攻撃補助魔法を駆使しながら、多数の魔物を一人で引き受けて難なく倒している。息も然程上がっていないようでまだまだ戦えそうだ。剣技だけで言えば団長よりも技量が上なのではないだろうか。

そんな彼をちらりとだが今一度見る。今のリオンには、先程私を止めに入った時のような切羽詰まった雰囲気は微塵も感じられない。だがあの時、明らかに様子がおかしかった。彼は私の強さを十分知っているので、いつもは見守りながらも私がしたいようにさせてくれる。その彼が、異常な程取り乱して必死に私を止めようとしたのだ。しかし、私が爆撃魔法を放ったらその言動がぴたりとやみ、今はもういつもの彼となんら変わらない。

……いったいなんだったのかしら？

そうは思ったけれど、とりあえず考えるのはあとにしてやることをやろう。スタンピードはまだ終わっていないのだ。

気持ちを新たに魔物に意識を向ける。直後キラーハウンドが正面から突っ込んできた。その鉤爪をひらりと躱し、逆に拳を叩き込む。

今回は殴る際に防御壁を張って返り血を防ぎながら戦っているのだが、意外と有用だ。視界が悪くなるのでその都度張り直さなくてはならないのが難点だが……っと危ない！

「やっ！」

――ドスッ！

瞬時に氷柱を生み出し、グレートベアに向かって放つ。すると、騎士の背後から襲いかかろうとしていたグレートベアが、ドサッと音を立てて倒れた。一方、その音に反応して襲われそうになった騎士が勢いよくこちらに振り返る。

「!!　……すまない、助かった」

「お互い様だからね……っともう一匹！」

騎士と言葉を交わしていたら私たちの側面からキラーハウンドが飛びかかってきた。そのため、風魔法を駆使して素早く肘鉄を食らわせる。少々強めに殴ってしまった所為でちょっと（?）辺りが大変なことになったけれど、あらかじめ私たちの前に防御壁を張っておいたので、幸いにも返り血は浴びなかった。

「……さすがだな」

「あはは……」

騎士が頬を引き攣らせながら賛辞を述べてきた。それを乾いた笑いで返す。

……いや、だって咄嗟のことだったから仕方がないじゃない？

まあ過程はともかく、こうして私は近くの騎士たちをフォローしながら入り口付近の魔物を退治していった。

そうしてそれらを何度か行なっていたら、いつの間にか入り口から魔物が顔を出さなくなっていた。魔物の数もあと数十体くらいである。

……そろそろ休んでもいいよね？

討伐の目処が立ったし、魔力も底をつきかけていたので、団長の言葉に甘えて少し後ろに下がることにした。あとは彼らだけで事足りるはずだ。聖騎士団のみんなに任せてしばし休憩する。

……もうだめ。疲れた……。

地面に倒れ込むように腰を下ろすと、騎士たちの戦いを何も考えずに眺める。少し魔力を消費しすぎたか。

……これはしばらくかかるわねぇ……。

豊富にあった魔力がほぼ空だ。いったい全回復までどのくらい時間がかかるのか、とついため息を吐きそうになったその時、突如左手の腕輪が淡く光った。これは、邸を出る前にお兄様にいただいた卒業祝いの腕輪である……曰く付きの。

ほかの人に見られるとまずいので、とりあえず光が漏れないように右手で軽く押さえて隠す。幸い、目が眩む程の光ではなく、ささやかな光りだったので容易に手で隠すことができた。だが、安心するのはまだ早い。

緩慢な動作で頭を左右に動かし、誰かに見られていないか辺りを警戒しながら恐る恐る腕輪を見る。腕輪は今もなお発光し続けていて、それと同時に魔力が徐々に回復していくのが感じられた。

……やだ、お兄様。紛う方なく成功していますわよ、コレ……。

相当動揺していたのか、思わず王都の方を向いた私は、ここにはいないお兄様に心の中でそう報告したのだった。

それから四半刻近く経っただろうか。あれ程ひしめき押し寄せていた魔物たちは、生き物という定義を完全に失い、塊へと姿を変えていた。今や動いているのは人間《騎士》以外に見受けられない。

その人間《騎士》だが、やはり無傷とはいかなかった。しかし、それなりに負傷はしているものの、幸いにも亡くなった者や、生死にかかわる負傷、欠損している者はいないようである。

とはいえ、痛いことに変わりはない。できるものなら今すぐ魔法で癒してあげたかったけれど、生憎私は回復魔法が使えない。習わなかったわけではなくて、私には回復魔法の素質がなかったのだ。

魔術師には得意な魔法もあれば苦手な魔法もある。一括りに苦手としているが、その原因はさまざまだ。素質がないために全く使えないとか、使えてもあまり効果がないとか、別の物で代用できる程度の威力しか放てないとか……。私も解毒魔法や補助魔法は扱えるが回復魔法は発動すらしない。もっぱら破壊専門なのである。

それに今の私の魔力は、お兄様のおかげで多少残ってはいるものの、ほとんどない状態と言っていい。動くだけで精一杯で、立てるかどうかもわからない状態だ。よって、残念ながら負傷した騎士たちは、魔法師団が来るのを待って、治癒魔法をかけてもらう以外に方法はない。

……そういうわけなのでお願いだからこちらに期待の眼差しを向けないでください、お願いします。そのきらきらした目に応えられず非常に心苦しいです。

騎士たちの視線に居たたまれず、顔をつっと背けて森の方に向ける。すると、遠くで何かが動いた気がした。気のせいかとも思ったのだが目を凝らしてよく見れば、それは騎乗した人の姿だった。今ここに来る者など限られているので、おそらく待ちに待った魔法師団の皆様ではないだろうか。

更によく見れば、二、三十人程の魔術師が連なっていた。魔術師か、はたまた魔法騎士か。どちらにせよもう回復以外の魔法は必要ない。襲歩《しゅうほ》――馬を最大速力で走らせこちらに向かってきているが、少し来るのが遅かったようだ。

集団はやがて私たちの前まで来ると馬を停めた。

「えー。急いで来たのにもう魔物がいないじゃないですか。こんなに大量の魔物を聖騎士団の皆さんだけで退治しちゃったんですか？」

馬から降り、危機感皆無の口調で言ったのは魔法師団の師団長。彼とも数回会ったことがあるのだが、彼ってこんなに軽い人だったっけ？

彼――魔法師団師団長は古来より魔術師を多く輩出する名門ヴァーグナー伯爵家の出で、名はコーネリウス・ヴァーグナー。現伯爵の弟にあたる方でそこにいる聖騎士団団長よりも若かったはず。一族の中でもずば抜けた才能を持ち、齢二十四という若さでグレンディア国軍魔法師団師団長に抜擢された凄い経歴を持つ。それから数年経った今も彼の地位は不動のものだ。ゆえに、彼は民衆の間で『この国一の美貌の魔術師』と謳《うた》われている。まあ実際には違うのだが、民衆受けする話なんて大概こんなものだ。

とはいえ、間違っていない部分もある。彼の容姿だ。事実、目の前の彼は本当に美形である。

艶めく濃紺色の長い髪は後ろに一つに束ねられており、サイドの髪は輪郭に沿ってゆるやかに湾曲している。氷のように透き通る淡い秘色色《ひそくいろ》の瞳は、宝石のようにきらりと輝き実に美しい。そのうえ白い肌、すっと通った鼻梁、切れ長の瞳、どれをとっても文句なしのパーツがこれまた見事に顔に配置されているのだ。感心するよりほかない。

……いや、ほんと、美形率多いなぁ……ん？

そんなことを考えつつ師団長を見ていたら、師団長が不意にこちらを向き、そのままこちらにやってきた。そして私の前まで来るとすっと屈んで口を開く。

「魔力の消耗が激しいですね。もしかして、あの広範囲にわたる爆撃魔法は君が放ったものですか？　それならば魔力の消耗も、短時間の一掃も頷ける。……おや？　でも自然回復よりも早く回復していているように見受けられるね」

「……グレンディア国軍魔法師団師団長、コーネリウス・ヴァーグナー様ですね。こうしてお話ができるなんて夢のようですが、その前にやらなくてはならないことがあるようです。どうか彼らの傷を治してはいただけませんか？　私にはもう彼らを回復するだけの魔力は残っておりませんので」

「ええ、そうですね。そうしましょう。それじゃ話はまたあとで」

どうやら彼は私に興味を持ったらしい。会話の最中ずっと目を爛々《らんらん》とさせていた。これは非常にまずいかもしれない。

師団長はお兄様と一緒で、気になったことは徹底的に追究しなければ気が済まない性格らしい。以前ご令嬢方が『魔法のことになると周りが見えなくなるそうですわ』と楽しそうに話していた。まあ、一途になるのは彼らだけではなく、研究に身を置く者ならば誰でもそうなのかもしれないが。

しかし、だ。私はお忍び――ということにしておく――でここに来ている。私の存在もそうだが腕輪のことを知られても厄介だ。ゆえに、師団長が騎士たちの方に行くよう、少々強引ではあったものの話を逸らした。

「ふぅ、危なかった……」

師団長の後ろ姿を見ながら一息吐く。実のところ立ち上がる気力もないくらいへとへとなので、腹の探り合いのような神経をすり減らす問答はご容赦願いたい。もしやるのならば気力と体力が万全に整った時にしてほし……くないわ、やっぱり。どちらにしろやらないに越したことはない。

師団長が去ってやれやれと思っていると、今度は漆黒の軽鎧に紫色のマントを纏った女性がこちらにやってきた。漆黒の鎧は魔法騎士隊の証。マントを身に付けているということは魔法騎士隊の隊長か次位なのだろう。

肩よりも少しだけ長い黒茶色の真っ直ぐな髪は、無造作に一つに纏められており、赤茶色の瞳は光の加減で赤にも見える。綺麗な顔立ちで、所々そばかすがあるものの負の印象は全くなく、とても快活そうな女性だ。年齢はイルマと同じくらいだろうか。

女性は私の前まで来るとにこっと笑う。

「ねえねえ君、魔法もさることながら剣も扱えるのね。どう？　うちに来ない？　あ、私は魔法騎士隊隊長の……」

「こいつはうちに所属している。露骨な勧誘はやめてもらおうか、ヴェローニカ」

「この子あんたのところに所属してるの？　えぇ～。魔法の腕も剣の腕もいいってそこら辺に転がっている人たちに聞いたからうちに来てほしかったのに！　残念。気が変わったらいつでもうちに来てね。歓迎するわ」

「残念だが気が変わることはない」

「あんたに言ってないでしょうが！」

リオンと言葉の応酬をしたあと、ひらひらと手を振りながら去っていった彼女は、魔法騎士隊隊長ヴェローニカ・ヘスという名らしい。なかなかの才腕で、優秀な人材をどこからともなく見つけてくることでも有名なのだそうだ。リオンがそう教えてくれた。

「……にしても間に合って良かったな。魔法騎士隊《あいつら》のとこに行ったら確実にこき使われるところだったぞ」

「だからって君たちのところに所属したつもりはないけど」

「そう言うなって。ああ言っておけばあいつらに絡まれることもないし、どうせこの件でいろいろと話を聞かれるだろうから、いやでも聖騎士団《うち》にいることになるだろうさ。その間それなりの地位をくれてやるからしばらくうちに所属しておけ。悪い話じゃないはずだ」

確かに話を聞く限り悪くない話ではあるのだが、しかし、そこでいろいろと疑問が生じてくる。自分で言うのもなんだが、今の私《ルディ》は物凄く怪しい存在だ。そんな人物に地位を与えて彼や聖騎士団に利があるだろうか。加えて、彼にそんな権限があるのか。そう考えると、彼を疑いたくはないが罠のようにも思えた。そう思うのは私がひねくれているからなのか……。しかし、これだけははっきりと言える。自分から足を突っ込んだとはいえ面倒なことになるのは間違いなさそうだ。

そういえば、リオンが正体を教えてくれると言っていたけれど、いまだに教えてもらっていない。彼のあとについていけばそれがわかるかもしれないが、そうなると今度は私の正体を教えなくてはならなくなる。

……うーん。知りたいけれど面倒事に巻き込まれるくらいなら知らない方がいいのかな……。もういっそのことこっそりとこの場を離れる？

うん、無理。今の私は魔力の消耗が激しく、体を動かすだけでも精一杯だ。そんな私が、誰にも気付かれずにここから抜け出せるわけがない。仮に抜け出したとしても、途中で倒れてしまっては意味がない。ならここでおとなしくしておいた方がよさそうだ。

……ああでも、リオンの提案に素直に頷きたくないのも確かなのよねぇ……。少しこちらから突っついてみようかしら？

「リオン、君って聖騎士だったんだね。しかもそれなりの地位だ」

「そうだな。……ルディ、少しおとなしくしとけ。あれだけの魔法を放ったんだ、疲れてるだろ？　あとは聖騎士団に任せて俺らは王都に戻って休むぞ。ギルドに報告するんだろ？」

「うん？　あー……癪《しゃく》だけどここはリオンにお世話になるかな」

「ふっ、口だけは達者だな。立てるか？」

そう言ってリオンが手を差し伸べてくる。もうなるようにしかならないようだ。諦念《ていねん》に至り、リオンの手を取って立ち上がろうと足に力を込める。だが、思っていた以上に疲弊していたらしい。彼の手を借りても立ち上がることができず、見兼ねたリオンが子供を立たせる時にするように、私の両脇に手を差し込み立たせてくれた。

こうしてやっと立てたが、今度は足が震えて立っているだけで精一杯である。すると何を思ったのか、リオンがぷっと吹き出して「お前、こんなになるまでよく頑張ったな」と言いながら私の頭をがしがしと撫でてきた。

あ、嬉しい。こんなふうに家族以外の人に褒めてもらえたのはいつぶりだろう。思えば王太子殿下は婚約をしていた時でさえ私に無関心で、パートナーとしてフォローはしてもらっていたが、褒めてもらったことなど終ぞなかった。十一年も一緒にいたのに。

本来ならば、がしがし撫でるリオンに「子供扱いするな！」と抗議すべきところだろう。でも、どうしてもそんな気にはなれず、むしろ嬉しいと思ってしまうくらいには思考力が低下していたようだ。その所為なのか、先程から視界が揺らいでうまく彼の顔を見ることができない。

とりあえずこぼれ落ちそうになるそれを必死に堪え、はにかみながら「えへへ」と笑ってその場を取り繕った。

「おい、動くなよ？」

壊れたおもちゃのように一頻り笑ったあと、リオンに抱えられ馬に乗せられる。今の私はほんのわずかな時間すらも立っていられないので、移動方法が一つしかなかったのだ。荷物のように抱えられてなんとも言えない気分だが、この際それは置いておこう。

行きとは違い、今度は落ちないようにリオンの前に乗せられる。だが、ずっと背筋を伸ばしていられなかった私は一分と持たずに馬の首筋に突っ伏してしまった。しかし、リオンがすかさずお腹に手を回して支えてくれたので落ちずに済みそうだ。

その安心感からか。急速に意識が遠のいていく。

「あ、おいルディ!?」

「…………」

心身ともに疲れていた私は、リオンの呼びかけに答えることもできずにそのまま意識を失った。

公爵令嬢の元婚約者

SIDE：クリストフォルフ

国中を揺るがせた、グレンディア国王太子《私》と、レーネ公爵家令嬢《マルティナ》の婚約白紙事件から十日近くが経った。

卒業パーティーの前日に姿を晦ましたマルティナは、捜索の手がかかってもなお、杳として行方が知れない。それは、レーネ公爵の手の者はもちろん、王太子である私の『影』と呼ばれる隠密部隊を使ってもだ。

彼女を捜し出すことなど容易いと思っていた。

世間知らずな令嬢が家を飛び出したとて、できることなど限られている。何もできずに市井で誰かに助けられているか、悪い者たちに目をつけられて売り飛ばされたか、良し悪し関係なく何かしらの手掛かりくらいあるだろうと考えていた。

しかし、それは甘い考えだったようだ。

何故なら彼女は、その手掛かりすらも掴ませてくれないのだから。捜すこちらにも次第に焦りが見えてくるというものである。

なにせ十日だ。食事にありつくことができなければ、命を失っていてもおかしくないくらい経っている。焦るのも当然と言えよう。

……何故見つからない、ティナ……。

ついマルティナのことを考えてしまい、仕事の手を止めて窓の外を見れば、空は雲一つなく晴れ渡り、鮮やかな紺碧色が一面に広がっている。私の心とは裏腹に、すかっと澄み渡る空が恨めしい。

「殿下、手が疎かになっていますよ」

優秀な私の侍従は、マルティナの身を案じるほんのわずかの休憩さえ許してはくれないようで、執務室に入ってくるなり新しい書類を執務机の上に高々と積み上げる。

「何故こんなに書類がある。誰か溜めていたのか？」

「いえ、いつもと変わりませんよ」

「嘘を言え。最近までこんなになかったぞ」

「それはレーネ公爵令嬢がいたからです」

これ程高く積み上がった書類は見たことがなく職務怠慢ではないかと疑ったのだが、どうやら違うようだ。彼が話を続ける。

「レーネ嬢は可能な限り書類に目を通されて、殿下を介さずに捌《さば》けるものはご自身で処理しておられました」

「ティナがそんなことを？」

「いずれ王太子妃になられる身でしたから、今からできることは率先してなさっていたようです。

人手不足だったのもありますし」

つまり、彼女との婚約が白紙に戻ったために、今まで彼女が手伝ってくれていた執務や雑務が直接私に来ているということか。いかに彼女が有用な存在だったのか気付かされる。

加えて彼女は、私の不得手な面に気付かぬ振りをして、さりげなく私を助けてくれていた。

そんな彼女を何故あの時信じてあげることができなかったのだろう。それだけが今でも悔やまれるし、できることならば頭を下げて謝りたい。けれど、王族がほかの者に頭を下げることは基本許されないとされている。それがまた歯痒くて仕方がない。

一方、マルティナを陥れようとした子爵令嬢、ユリアーナ・ハインミュラーは牢の中だ。子爵令嬢が公爵令嬢に牙を剥いたのだから当然の結果だろう。

この国では下の者が上の者に叛《そむ》く行為は重罪とされている。まあ例外もあるが、今回に限ってそれはない。

彼女はこの国の法に基づき、判決が下るのを牢の中で粛々と待つことになる。公爵家に牙を剥いたのはもちろんのこと、王子である私すらも手玉に取ったのだ。おそらく子爵家取り潰しのうえ、彼女自身は国外追放となるだろう。修道院に入るにしては犯した罪が重すぎた。

そんなユリアーナは、取り調べが始まるとすぐにぺらぺらとすべてを語ったそうだ。

『自分は父親の命令で王太子を落とした』とか『公爵令嬢は後々邪魔になるだろうから排除しろと言われた』など彼女単独の犯行かと思いきや、ハインミュラー子爵も絡んでいたようで、現在子爵を捕らえて取り調べを行なっている最中である。供述を聞くにとんでもないことを企んでいたようで、全容が明らかになれば国中を震撼させる一大事となりそうだ。そうなれば更に罪が重くなり、間違いなく子爵は死刑、ユリアーナも危うくなる。それでも私は彼女を庇い立てするつもりはないし、彼女には己の罪をきちんと認めて償ってもらいたい。

あれ程ユリアーナに執心していた割には、実に淡白で薄情な男だと自分でも思う。

されど、彼女を想う気持ちは本当だった。

あのはにかんだ笑顔も、私を呼ぶ声も、私を見つめる桃色がかった茶色い瞳も何もかも本当に……。

ずっと一緒にいたい、私の隣で微笑んでいてほしい。だからユリアーナを側妃に望んだ。それくらい彼女を想っていたし、あの時までは確かに愛していた。

しかし、彼女の真意がわかれば百年に一度の恋……とまでは言わないにせよ、盲目であった恋も一気に冷めるというもの。

今回の騒動が正妃の座を欲したことによるものだと伝え聞き、更にその気持ちは増した。何を夢見たのかは知らないが、正妃の座はそんなに甘くない。

為政者は時として国のために非道なことを行なう覚悟も必要だ。怨まれることだってあるだろう。大勢の命を助けるために一人の命を犠牲にしなければならない時だってある。その際には、毅然として後ろ指をさされるようなことをしなくてはならない。

伴侶となる正妃もまた然り。

だが、すぐに暴かれるようなお粗末な策を講じ、挙句捕らえられたあとにあんな醜態を曝すような彼女に、正妃など務まるわけがない。

それがわかっていたからこそユリアーナに夢中になっていた時でさえ、正妃はマルティナしかいないと思っていた。そして、私の判断は間違っていなかったと断言する。

それに対して、ブルノー公爵家のカミルと宰相子息のアンゼルムは、いまだにユリアーナに盲目的で、彼女への面会を願い出ていると聞く。ただ今までの状況から考えるに、申請が通ることもなければ、二人の家が首を縦に振ることもないだろう。それだけのことをしたのだ。

それにあの二人のこと、逃亡の手助けをする恐れもあるので接触はなるべく避けるべきである。

彼らは、ユリアーナを見限り正しい方に舵を切った私とは違い、それができていない。この状態が続けば、近いうちにそれぞれの家から何かしらの沙汰が下るであろう。いくら子供同士のこととはいえ、レーネ公爵の手前生半可な沙汰では済まされないはずだ。

かくいう私も実は先日、国王と王妃から酷くお叱りを受けた。

謹慎の話は、『人手不足でこれ以上人手がなくなると政務が滞る』との観点から立ち消えとなり、現在執務机に置かれた大量の書類とこうしてにらめっこをしている。

私は両親の間に遅くできた子で、父上は母上を愛しているために側妃もいない。兄弟はほかにおらず、ゆえに謹慎同様廃嫡も免れた。だが、次はないだろう。よって、よりいっそう気持ちを引き締め、この国のために王太子としての責務を果たしていかねばならない。

そしてその際には、いまだ行方不明中のマルティナに隣にいてもらいたいと思っているのだが……。

そもそもマルティナは何者なのだ？　普通公爵令嬢が本職《影》の者を嘲笑うかのように痕跡一つ残さずいなくなるとかありえないだろうが。まさかレーネ公爵も一枚噛んでいるとか？　いや、先程公爵に会った時に「どなたかの所為でうちの天使がいなくなってツライ」と言われ、人をも殺せそうな視線を向けられたので、あれが嘘だとは思いたくない。

とりあえず公爵にはそれ以上事が荒立たないように、申し訳なさそうな表情を顔に張り付け下手に出ておいた。これで公爵の怒りが少しでも収まればいいのだが……。

それにしても、彼女の行動はなかなかに謎めいている。

その真意が知りたくて、マルティナという一人の令嬢を思い浮かべれば、実は彼女について知っているようで知らないことに気付いた。

愕然としつつも、あれこれと思い回してみる。

初めて会ったのは六歳の頃。両親に、『婚約者が決まった、今度顔合わせをするので会え』と言われて城の庭園で会った。当時毎日が忙しかったために、その時のことはあまりよく覚えていない。ただ漠然とこの子と結婚するのか、くらいにしか思っていなかったと思う。

それ以降も、政略結婚の相手であり、国を治めるためのパートナーとしか見てこなかった。彼女と『信頼し合い国を良くしよう』と誓い合った時でさえ。

むろん、婚約者として節度をもって礼儀正しく接してきたつもりではあるし、何かあればフォローしてきたつもりだ。しかし、それらをすべて無に帰すような行為をしたのもまた事実である。したがって、再びマルティナと婚約を結ぶのはかなり厳しい状況だと言えよう。

私は、幼い頃から父上の強い魔力に曝され続け、防御反応のようなものが働いてしまったために、魔力を感じとる力が極端に弱い。だからこそ彼女が必要なのだと父上に言われていた。だというのに、なんて愚かなことをしてしまったのだろうか……。

それだけではない。彼女が何を好んで、どんなものを得意として、何を思っているのか。私はそんなことすらもわからない。

類稀なる美しさであるのはよくわかっている。珍しい髪色で、今にも消えてしまいそうな程儚げだということも、その姿から『月の妖精』と世間で呼ばれていることも、慎ましやかで常に私の半歩後ろを歩き、私を引き立ててくれる、淑女の鑑のような人だということも知っている。

交友関係では、幼馴染だというローエンシュタイン侯爵令嬢と仲が良く、ほかの令嬢とは適切な距離を保っていたと記憶している。

また、年齢や立場にこだわらなければ彼女は父上とも仲が良い。というのも、父上が実の娘のように彼女を可愛がっているからだ。それを妬んだどこぞの誰かが、彼女のあることないことを父上に告げ、逆に父上にやり込められた話は記憶に新しい。

一方、母上との仲はあまり良いものではなかった。

なんでもそつなくこなす母上にとって、お妃教育に対するマルティナの姿勢は少々至らないように映っていたらしい。

私からしてみれば母上が特別なのであって、別にマルティナに至らないところがあったとは思わない。それどころか、お妃教育以上のものが施されていたくらいだ。数年前に彼女の教育進歩状況を確認した時、それを知って驚愕した。だが、彼女はいまだに気付いていないようなので、知らないうちに習わされていたとみるべきであろう。だから彼女が至らないなんてことは全くない。むしろ完璧に仕立てられていた。

まあ、母上が何かを言うことはなかったし、彼女も母上の期待に応えようと頑張っていたから、軋轢までは生じなかったが。

こうして思い返してみると彼女について意外と知っていたな。

とはいえ、裏を返せばそれだけだ。容姿にしたって誰でも知っている情報しか私は知らない。母上とのことだってそうだ。あれは城勤めの侍女たちの間では有名な話だ。

今ここでマルティナの顔を思い出せ、と言われれば思い出せるくらいには顔を合わせてきた。だが、目元はどうか、口元はどうか、家族の誰に似たのか、そんな細かいことまで尋ねられたら答えられる自信がない。

これでは、マルティナが再び私の婚約者になってくれた時に、また同じことの繰り返しだ。それを防ぐために、今後は私の方から彼女に歩み寄ろうと思う。彼女と話し、彼女を知る。もしかしたら一人の女性として見ることができるかもしれない。そのためにも、まずは彼女を見つけなくては。

今は影を使って秘密裏に彼女を捜索している。今後も見つからないとなれば、おおっぴらにしての大捜索も辞さないつもりだ。

……にしても、彼女は今どこに……。

「殿下、また手が疎かになっていますよ」

「少しくらい休憩させてくれ」

「書類は待ってくれません」

「はあ……ティナがいてくれれば」

「レーネ嬢を裏切ってお捨てになったのはどなたです？　彼女を見つけても再び婚約者になってもらえるとは思えませんが？」

「……わかっている。だが、やってみなければわからないだろう？」

「望みは薄そうですがね」

侍従の言葉は耳が痛い。自業自得だとわかっているからだ。しかしだからこそ、甘んじて受け入れよう。

さて、そろそろ執務を再開しなくては。思考を切り替え、黙々と書類にサインをする。すると、わずかに開けていた窓から爽やかな風が入ってきた。私の心は書類に追われて強風が吹き荒《すさ》んでいるというのに、なんとも穏やかなものだ。

つい出そうになったため息を飲み込み、投げやりになりそうな気持ちを抑えてペンを走らせた、その時。

――ドンッ！

突如遠くの方で轟音が聞こえ、少しおいてやや強めの風が部屋に入ってきた。

「何事だ⁉」

舞い散る書類から視線をずらして音のした方を見れば、南東の方角で爆発特有の粉塵が立ち上っていた。

賊か？　隣国の奇襲か？　……いや、あれは――

「あそこはグランデダンジョン、ですかね？」

「グランデダンジョンってまさか……。ありえない。魔法師団師団長《コーネリウス》の話が嘘とまでは言わんが、スタンピードまではまだ十年以上あるはずだ」

二週間程前、我が国の魔法師団の師団長が、国王である父上にグランデダンジョンがきな臭いと告げてきた。

前回、グランデダンジョンの魔物がスタンピードを起こしたのは、八十年程前だったと聞く。その話が本当ならば次に起こるのは私の代になってからだ。何度も計算したので間違いない。

しかし、三年程前にもイストゥールダンジョンでスタンピードが起こっている。まだ当分先であったはずなのに。

もっともあの時は、いろいろと見解が分かれて結局様子見となった。だが、再び早くにスタンピードが起こったとなれば、原因究明を急がなくてはならないだろう。なにせダンジョンはその二つだけではないのだから。

そう、本来ならばグランデダンジョンのスタンピードが起こる前に究明しておかなければならなかった。ダンジョンが王都のすぐ側にある以上、魔物が王都に入ってくる前になんとしても食い止める必要があったからだ。

けれど、事は起こった。

一時は慌てたが、よくよく考えてみれば先程の爆発、あれは魔法だ。その威力たるや凄まじく、不安を払拭するのに足るものだった。あれ程の魔法を放てる者などそういない。おそらくコーネリウスだろう。そう当たりを付け、とりあえず気を静めた。

「……ああ、だがコーネリウスが間に合ったようだな……。爆発はあの者の仕業だろう。彼の魔法があれば王都《ここ》に魔物が侵入することもあるまい」

「殿下、お忘れですか？　師団長殿を見送ってから然程経っておりません。ここからグランデまでは急いでも四半刻以上はかかります。あれは師団長殿ではないのでは？」

「だが、警戒に当たっていたのは聖騎士団だったはず。聖騎士にあれ程の上級魔法を放てる者はいなかったはずでは？　……まさか魔物が⁉」

「あそこの魔物は物理攻撃をするものしかいません。人が放った魔法だと思います」

「そうだったな。ではいったい誰が……」

窓の外では小規模な爆発が続いていて、時折空へと向かう火柱が見える。

なんと洗練された魔法だろう。これがコーネリウスでないのならばいったい誰なのか。

おそらく第一線で戦っているであろう魔術師は、私とは比べ物にならないくらいの威力と、ぼう大な魔力の持ち主と思われる。コーネリウス並みかそれ以上、下手をすれば陛下よりも魔力が高いかもしれない。

この国でそれ程の力を有しているのはレーネ公爵だ。その公爵は先程私に射殺さんばかりの視線を投げかけてきたばかりである。

では誰だ？

そう思ったものの、いつまでも執務を中断してはいられない。再び机に向き直って書類を捌く。

現場にいない者があれこれ推測したところでわかるわけがない。グランデダンジョンからここまでは目と鼻の先だ。今日中に報告がなされるだろう。

案の定その日のうちに報告がなされ、魔法を放ったのがその名を耳にしたことのない一人の少年冒険者だと知る。

ただ本人たっての希望により、対面の場が設けられることはなかった。

帰還

SIDE：リオン

王都ヴェルテに入り王城を目指すこと四半刻余り。

俺は相棒のルディを連れ、スタンピードが起こったグランデダンジョンから、グレンディア国軍本部がある王城に向かっていた。

さすが馬だけあって常歩で進んでいても速い。あっという間に外城門に着くと、顔パスで更に先に進む。

この先、だだっ広い敷地を進み、内城門を通ってしばらくすれば王城だ。ただ、大地の女神が築いたというこの城の敷地は本当に広大で、軍本部まではまだまだ遠い。早くルディを横にしてやりたいという気持ちを抑えつつ、着実に馬を進める。

当初俺はその場に残って事後処理に当たろうと思っていた。いくら命令だったとはいえ、別行動でゆっくりとさせてもらったのだ。そのくらいすべきだろう。

だがルディに断りを入れようと彼を見れば、彼は力なく座り込んでいて、時折倒れそうになるのを懸命に堪えているようだった。

見る限り怪我はしていない。衣服に汚れは窺えないし、返り血すらない。怪我ではないとすれば魔力消耗による疲労か。もしそうならば十分な休息をとる以外に回復法はない。

このままルディを放置して事後処理に当たったとしても、集中できずに周りに迷惑をかけるのは目に見えている。よって事後処理は断念し、彼を休ませるために団長の許可をもらって王都に戻ることにした。

ルディのところに行くと、彼はもう自力で立ち上がることさえできない状態だった。やっと立ち上がったと思えば、今度は足腰に力が入らずふらふらする始末。

そんなルディを担いで馬に乗せると、彼は馬の首筋に突っ伏したまま動かなくなってしまった。あれ程の魔法を放ったのだ。魔力が尽きて気を失ったのだろう。

その尽きた魔力を回復するためか、ルディは相当深い眠りに入ったようで、話しかけても何しても起きる気配がなかった。死んでしまったかと思ったくらいだ。

また、意識がないにもかかわらず『その姿勢でつらくないか？』と突っ込みたくなるような絶妙なバランスを保ちながら、寝返りもせずに行儀よく眠っていた。

現在ルディは、お腹を支えられているだけのかなり不安定な姿勢だ。少しでもバランスが崩れたらそのまま落馬してしまってもおかしくない。かといって横抱きにする趣味はなかったし、荷物のように馬の背に交差させるのもどうかと思い、このまま支え続けることにした。当然彼は同じ姿勢のまま、微動だにせず眠り続けている。まったく、器用なものだ。

外城門を経て然程かからずに内城門に差しかかった。

今日の城門担当は第二師団のようだ。外城門と同じく二人の騎士が配置されている。その二人が俺を見るなり即座に敬礼してきた。

「おかえりなさい！」

「留守中異常はなかったか？」

「はっ！　異常ありません」

一人の騎士が声をかけてきたので、いつものようにお決まりの言葉を返す。よく見れば彼の視線は馬に突っ伏したままのルディに注がれていた。

「今日一番の功労者だ」

「は？」

「ま、そういうことだ」

ルディの後頭部に手を乗せて軽くぽんぽんと叩いて見せれば、騎士たちは『さっぱり意味が解らない』と言いたげな表情をして首を傾げる。まあ、それも仕方のないことだろう。仮にすべてを説明し、『この少年がその功労者だ』と言ったとて、誰も信じないのではないだろうか。

それでも、彼が今日一番の功労者であるのは紛れもない事実だった。

その功労者たるルディを改めて見る。

魔物の群れを一掃する程の爆撃魔法。彼がその爆撃魔法を何発も放てるなど聞いたこともなかった。

普通の魔術師は大抵一発で魔力が尽きる。魔法師団の師団長だって数発いけるかどうか。それを彼は二発同時に放ったのはおろか、威力は違えど十発以上も放ってみせたのだ。

更に彼は、あれ程の魔法を放ったうえで何事もないかのように戦い続けた。そんな彼に俺は、感心や驚きを通り越して空恐ろしいものを感じた。……眠っている姿は可愛らしいのに……。

もっとも、ルディは魔法もさることながら知識が豊富で頭の回転も速く、今の姿を除けば可愛らしさとは無縁だ。

それに非常に残念なことに、対敵を見ると何故か策も思考も何もかも放り出して戦いに興じてしまう。そうして、見ているこっちが戦いたくなるくらい楽しそうに戦うのだ。

だからダンジョンでは彼の好きなようにさせて、俺はいつでも助けに入れるように後ろから見守っていた。しかしルディは、一日近くダンジョンに籠っていても魔力が尽きることなく、いつも平然としていた。

今にして思えば、属性魔法を連発したところで、彼にとってなんら影響はなかったのだろう。

あまりに平然としているので、それなりに強いのだろうとは思っていた。ただ、その強さもせいぜい一般的な魔術師より少し上くらいだと踏んでいたのだ。

ところが今回、俺の考えは見事に打ち砕かれた。間違いなく彼の魔力は師団長よりも上だろう。師団長もそう感じたのか、ルディに興味を持っていた。これは完全に狙われたな。

過去に何度か師団長の餌食になった人を見たことがある。皆一様に死んだ目をしていた。ルディもその餌食となるのか……可哀想に……。

俺は何も知らずに眠り続ける目の前の相棒を見て不憫に思った。できるだけ守ってやりたいとは思っても、四六時中彼と一緒にいることなどできはしない。彼自身のことなのでその時になったら本人になんとかしてもらうしかないのだ。

まあなんにせよ、あとは聖騎士団本部に行ってからだ。

城門警備の二人に、引き続き任に当たるよう告げると、更に奥に進み本部へと向かった。

その後城に着くも、正面入り口には入らず東に逸れて大塔を目指す。その大塔にグレンディア国軍本部がある。

「もう少しの辛抱だぞ、ルディ」

返事はないと知りつつ、俺は相棒に話しかけた。相も変わらず同じ姿勢だ。

……いや、変わらないのは姿勢だけではない。昔からほとんど変わっていない。

ルディとは三年の付き合いだ。

三年といっても毎日一緒にいたわけではないし、ギルドに行ってみなければ彼がいるのかさえわからない、そんな間柄だった。それは当然だ。俺たちには互いに知らないそれぞれの生活があるのだから。

それでも、ルディがいる時は行動をともにした。というのも、初見時の彼の姿に『一人で大丈夫か？』と不安を覚えたからだ。

あの時のルディは今の姿とは違い、癖のある琥珀色の髪を丁寧に編んで前に垂らしていた。紫水晶を彷彿とさせる瞳はとても綺麗で、何よりこの世の者とは思えない程美しい容姿だった。そのあまりの美しさに、周りの者が息をするのも忘れていたくらいだ。

彼は、庶民が着るようなベストやスラックスにもかかわらず、コートはぴしっとしていて、いかにも『変装しました』と言わんばかりのなんともちぐはぐな格好をしていた。

今もその時の話をすることがある。話をする度にルディの頬がぷくっと膨れて面白い。だからついからかってしまう。あれは最早小動物だな、手懐けるのが少々厄介な。

それはともかく。自身の年齢を十代前半だと語ったルディは、同年代の少年たちよりも少し背が高かった。その割に着ている服はゆったりとしたもので、着られている感が物凄い。そのためか、子供という印象が強く残り、彼の語る年齢に当初疑問を抱くことはなかった。

疑問を抱き始めたのは出会って一年が過ぎた頃。ルディの身長が全く伸びていなかったことと、声変わりしていないことに気付いたからだ。これは気のせいで片づけられる話ではない。

ほかにも、大人びた口調や仕種はもちろん、わざと子供らしく演じていたり、やけに博識だったり、気になる点が出るわ出るわ。

それらを解明しようにも、ギルドは『互いに詮索しない』という暗黙のルールがあって聞くこともできない。俺の『影』を使ってあとをつけようとしても毎回うまく逃げられてしまうし。

とはいえ、一つだけ彼の言動からわかったことがある。彼は国に忠誠を誓った魔術師だということだ。それはイェル村の魔術師の件からも窺える。もしそうだとするならば、彼がどこの誰なのか身元を調べるのは容易ではないだろうか。

ただし、それには魔法師団師団長の協力が必要で、話を持ちかけたとしても師団長が首を縦に振るかはわからない。けれど――

……ルディには悪いが師団長の好奇心をくすぐってみるか。

不憫だと思いつつも好奇心の方が勝ってしまった。許せ、ルディ。骨は拾ってやる。

今師団長は、負傷した者たちの回復とグランデダンジョンの調査を行なっているはずだ。戻ってくるのは夜遅くになるだろう。

話は師団長が戻ってきてからするとして、まずは将軍にグランデダンジョンの報告と、イェル村の一件を報告だな。おそらく既にフィンたちが報告しているはずだが、より詳しい話をする必要があるだろう。ルディのことをうまく説明しなくてはいけないしな。

そう考えつつ馬を進めた。


程なくして、軍本部に到着した。

本部入り口のすぐ側に馬を寄せ、ルディが落ちないように気を付けながら馬を降りる。

結局彼はダンジョンからここまでの間、バランスを崩したり寝返りを打ったりすることはなかった。ある意味凄いな。この先全く役に立たない技術ではあるが。……などと感心している場合ではない。早くルディを寝かせてやらねば。

一向に起きる気配のないルディを馬から降ろして肩に担ぐ。

……やはり、軽い。魔力が尽きたら軽くなる、なんてことはないので元からこのくらいの体重なのだろう。

ルディは戦う際魔法攻撃を基本とし、必要に応じて剣を振るう。剣を振るうにはそれなりの筋力が必要だ。だからこそ見た目に反して体重があると思っていたのだが、こうして実際に担ぎ上げると予想以上に軽い。これでちゃんと食べているのだから不思議なものだ。

ともあれ、このくらいの軽さなら難なく運べるだろう。

たまたま近くを通った騎士をつかまえて、馬を厩に戻してもらうように頼むと中に入った。

軍本部は東西南北と中央の五つの区画に分かれている。塔とはいえとても広い。そのため、南は近衛騎士団、東は魔法師団というように、各団に一区画ずつ割り当てられている。

聖騎士団は西の区画だ。勝手知ったるなんとやらで、迷わず西の区画に向かう。その途中、廊下ですれ違う者たちが、皆一様にこちらに振り返ってきた。俺が少年を担いでいるのが気になるのだろう。担がれているのが見たこともない少年ならばなおのことだ。現に、ルディを担いでずんずん進んでいく俺を、周りの者たちは不思議そうな目で見ていた。

それらの視線をいっさい無視して階段まで行くと、その脇にあるメイド待機部屋の扉をノックして声をかける。

騎士は遠征や演習などの際、身の回りのことを自分でしなければならない。だが、本拠地においてはその限りでないので、掃除や洗濯、食事を作ってくれるメイドを軍で雇っている。

「お呼びですか？」

「悪いが彼を客室に連れていきたい。空いている部屋はないか？」

「只今ご案内いたします」

部屋から出てきたメイドは、俺の言葉にそう返し階段を上り始めた。それに続いて三階まで行くと、緩やかな曲線を描く廊下を進む。そして、とある部屋の前まで来るとメイドがぴたりと足を止め、扉を開けて一歩下がった。

「どうぞこちらです」

メイドに促されるまま中に入ると、そこは全体が白で統一された品の良い部屋だった。家具は木目を活かした素朴なもので、その上に置かれた調度品もこの部屋に誂え向きである。

とりあえず軽く部屋を見回し窓際に置かれたベッドを見つけ、そこにルディを寝かせる。すると、すぐさまメイドからだめ出しを受けた。

「あ、ちょっと！　服が皺になっちゃいますよ！」

「だったら君が脱がせてやってくれ。汚れていないからコートとベストだけでいいはずだ。君一人で大丈夫だろ？　俺は用事を済ませてくるから彼を頼む」

すっかり素が出てしまっているメイドにあとを頼み、踵《きびす》をめぐらす。直後、後ろから感嘆の声が発せられた。

「もう！　勝手なんですから……って、あら？　まあ、まあ！　物凄く美しい方ですね！　どなたですか？」

おそらく彼の顔を見たのだろう。その気持ちはよくわかる。ただ、彼のことは俺も知らないのだ。

「さあな、むしろ俺が知りたい」

「え？」

「いや。彼はルディだ」

「ルディ様ですね。それで、こちらの方は貴族なんですか？」

「おそらくな。だが、かしこまらなくてもいいぞ。普通の対応の方が本人もありがたいだろう」

「承知いたしました」

メイドに顔を向けそれだけを告げると、彼女の返事を背に部屋をあとにした。

さてルディは彼女に任せるとして、俺はさっさと上に報告を済ませるか。それと、今まで放置していた内務をこなさねば。しばらく別任務に当たっていたため、さぞかしたくさん溜まっていることだろう……。

「はあぁぁ……」

段々と気が重くなり鈍っていく足を叱咤激励しながら、俺は一路将軍の部屋へと向かったのだった。

書き下ろし
番外編

リオンとの出会い
（マルティナ十四歳）

なんの音も聞こえない。

聞こえていた喧騒は瞬時にやみ、今や打って変わって静寂だ。ただ扉を開けて中に足を一歩踏み入れただけなのにこの反応とは、そんなによそ者が気に食わないのだろうか？

不思議に思いつつも更に一歩踏み出し、その先にある階段を下りていく。その間、音を出す者は私以外に誰もいなかった。

ここ――冒険者ギルドに入る直前に脱いだローブを左腕にかけながら、正面にあるカウンターへと進む。

ちらっと横に目を遣ると、そこかしこにテーブル席が設けられており、それぞれに屈強そうな男やら、いかにも『魔術師だ』と言わんばかりの男女やら、とにかくいろいろな人が座っていた。そのテーブルの上には美味しそうな料理と、既に空になった大きなグラスが置かれてある。お昼前からお酒を飲むとは、なんと豪快なことか。

だが、これこそが私の思い描く光景だった。

……ああ、これよこれ！　夢にまで見た冒険者たちのあるべき姿だわ！

内心大興奮ではあるけれど、決して表情を崩さず、再び視線を正面に戻す。

目の前には受付嬢と思しき一人の女性。

肩よりも短く切り揃えられた真っ直ぐな髪が、動きに合わせて軽やかに動いており、くりっとした大きな目と相俟《あいま》って童女《わらわめ》のように見える。されど一見子供に見えなくもない彼女は、その実平均よりも大きい――魅惑的な姿態に露出度の高い服を纏っているため、全く年齢がわからない。

そんな謎めく彼女は、私が受付カウンターの前でぴたりと足を止めたことにより我に返ったようで、その顔にさっと笑みを浮かべた。

「……はっ⁉ よ、ようこそ、冒険者ギルドへ。初めてですよね？」

「ええ。こちらで冒険者登録をしたいのですが、可能ですか？」

「もちろん可能です。こちらの紙に名前と年齢と性別、あれば職業も記入してください。その後、いくつか質問をさせていただきますのでそれにお答えいただき、問題がなければその場でギルドカードの発行となります」

そう言いながら彼女は一枚の紙をこちらに差し出してきた。それを受け取ってなんの躊躇いもなく名前などを記入する。ただし、記入するのは本名ではない。こうなることを見越してあらかじめ考えておいた名前を、だ。

なお、職業は空欄にしておいた。『公爵令嬢』と書くわけにもいかないしね。

「終わりました」

さくっと書き上げると、書いた紙をすっとずらして受付嬢に戻す。彼女がその紙を手に取って不備の確認をし、口を開く。

「……はい、問題ないですね。それではいくつか質問をいたします……」

彼女の質問は私にとってなんら問題のないものだった。よって、然程かからずにギルドカードの発行がなされ、そのまま手渡された。

それを手にしてまじまじと眺める。夢にまで見たギルドカードだ。つい口元が緩んでしまう。

ギルドカードには『ルディ』という偽名と、これまた偽った年齢と性別、それと冒険者ランクが記されてあった。

冒険者ランクはＦからＡ、そしてその上にＳランクがあり、誰でも最初はＦランクなのだとか。当然私のカードにもＦと記されてあった。

ちなみに、ランクを上げるにはギルドに来た依頼を数多くこなせばよいそうだ。そう受付嬢――ギーゼラが注意事項とともに教えてくれた。

ならばさっそく依頼をこなすとしようではないか。

そう気合を入れて、カウンター脇の大きな掲示板にびっちりと張られてある依頼書の中から、自分ができそうな依頼を探していく。

その頃になると周りの喧騒も戻ってきており、「そんなひょろひょろで大丈夫か～？」とか「別の職業の方が稼げるんじゃないかー？」という、私に対しての野次が私に聞こえるくらいの声量で飛び交っていた。

うん、後半はともかく前半の野次はもっともだと思う。なにせ私の服は、よく言えばゆったり、有り体に言えばだぼだぼだ。更に、琥珀色に染めた髪は三つ編みにしてただ前に流しただけ。どこからどう見てもひ弱そうな少年にしか見えないだろう。

後半の野次は、意味を理解しきれていないのもあるけれど、とにかく不愉快な発言だと当たりをつけたので、まるまる流しておいた。

「えっと……Ｆランクでもできるのは薬草の採取と、薬虫の捕獲と……。うーん、あんまりＦランクの依頼ってないなぁ……」

「一つ上のランクの脇に星印が付いている依頼は受けることが可能ですよ。あなたのランクだと、Eランクの星印ですね」

私の独り言を聞いていたのだろう。ギーゼラが横から声をかけてきた。

「そうなんですね、ありがとうございます」

とりあえず彼女に礼を述べると、さっそくEランクの星印を探していく。すると、ダンジョンという単語が目に入り、依頼書を止めていたピンをすっと外して手に取った。

「うん、と……『求む！　キラーハウンドの鉤爪！　状態、傷の少ない物、個数、三つ』よし、これにしよう！」

希望通りの依頼にほくほくしながら、手にした紙をギーゼラのところに持っていこうと横を向く。

すると——

「一人で大丈夫か？　初めてなんだろう？」

「……え？」

突如後方から声をかけられ、反射的に顔を向けた。

そこにいたのは、すべてを燃やし尽くさんばかりの真っ赤な短髪に、陽だまりにいるかのような温かみを孕んだ黄色い瞳の青年。その色合いはあたかも真夏の太陽のようであり、さりとて暑苦しさは微塵も感じられない。それというのも、視線の先にいる青年は、とても端整な顔立ち、かつ爽やかな雰囲気を纏っていたからだ。幼さはないものの、それ程大人の男性という雰囲気もなく、年の頃は二十歳弱くらいだと思われる。

……わぁ。かっこいい人ね。お兄様とも殿下とも違った雰囲気の人だわ。でも、何故私に話しかけてきたんだろう。何か思わくでもあるのかしら？

不思議に思いながら口を開く。

「あの……」

「ああ、俺はリオン。少し前にここに登録したばかりだ。すべてを把握しているわけじゃないが、何かあったら相談くらいは乗るから気軽に声をかけてくれ」

リオンと名乗った青年はそう言うやこちらにすっと右手を差し出してきた。多少困惑しながらもその手を取る。

「え、ええ……あ、いや、その……僕はルディといいます。どうぞよろしくお願いいたします、リオンさん」

つい素が出てしまい慌ててその場を繕うと、すぐに青年――リオンの手を握り返した。

「そんなにかしこまらなくてもいいぞ？　ここはギルドだ。かしこまると逆に浮く。敬語でなく普通に話してくれ。名前もリオンでいい」

「はい、わかり……うん、わかった。僕もルディと呼んでくだ……呼んで？」

リオンの提案に同意はしたものの、男の子が普段使っている言葉なんてわからない。いったいどんな話し方をすればいいのだろう。敬語で話すことができればなんの問題もなかったのだけれど、敬語がだめとなると存外難しい。

これはしばらく模索が続きそうだ、と思いながら彼との会話に神経を集中させる。これ以上の襤褸《ぼろ》は出したくない。

「ああ、そうさせてもらう。ところで。君は腕に自信があるようだが、初めてのダンジョンで単独行動は推奨しかねる。誰か知り合いはいないのか？」

彼の言葉に、ふるふると首を左右に振る。ここには誰にも告げずに来ているのだ。

「ううん、いない……。誰かとパーティーを組んだ方がいいの？」

「そうだな。文献や口頭で知るのと実際に経験するのとでは天と地程の差がある。君さえよければ俺とパーティーを組まないか？　ダンジョンの依頼は何度もこなしたからいろいろと教えてやれると思うぞ？」

「えっ、ほんと？　ならお願いします！」

そう言ってばっと頭を下げ、すぐに直る。再び見たリオンの顔は、まるで子供を見守る親のようだった。

「口調が戻ってるぞ。とりあえずよろしくな、ルディ」

そうして私は、リオンにいろいろと教えられてダンジョンの依頼を受けると、彼と二人で依頼品の採取先であるグランデダンジョンに向かった。

ギルドがある王都ヴェルテを出て南に延びる街道を進む。辺りは何もない平原が続いており、南東の方角に目を向ければ森のようなものが遠くに見え、更にそのはるか後方に山々が連なってある。

リオンの話によれば、ダンジョンはあの森を抜けた先にあるそうだ。結構遠いが、大丈夫だろうか？　普段歩き慣れていないから、ダンジョンに着く前に脱落してしまわないかとちょっと不安になる。

でも、その不安は杞憂だった。始終リオンが話しかけて気を紛らわせてくれたからだ。やれいくつだ、やれ戦闘経験はあるのか、とそれはもういろいろ。ただ、当然ながら話せないこともある。どこの出だとか私のことに言及しすぎるものは、その都度やんわりと話を逸らしておいた。

とはいえ、ずっと質問攻めだったわけではない。ギルドのルールとかを教えてもらったし、彼のことも少し話してもらえた。それによると、彼、リオンは私の五つ上で現在十九歳らしい。今までお兄様よりも年上の人と親しく話す機会なんてそうなかったから、彼と話すのはある意味で新鮮だ。知らない話を聞けるのでためにもなる。

そんなわけでリオンと話をしながら歩き続け、気付いたらもう森の前だった。

「この森を抜けた先がダンジョンだ。森といってもそんなに大きくないからすぐに着くぞ」

「へぇ、そうなんだ。ちょっとわくわくしてきた！　早く行こう、リオン！」

「あ、おい！　……ったく」

だいぶこの口調に慣れ、リオンにも砕けた口調で話せるようになった私は、逸《はや》る気持ちを抑えることができずに勢いよく森の中へと足を踏み入れた。後ろからリオンの呆れるような声が聞こえてきたけれど、足を止めたりはしない。

森の中は小鳥の愛らしい歌声がこだましており、時折ウサギやリスなどの小動物がざっと逃げていく姿が見えるのみで、魔物の姿はいっさいなかった。とてもこの先にダンジョンがあるとは思えないくらいの長閑さだ。そのあまりの長閑さに、このまましっくりあちこちを見て回りたくなったが、本日の目的はキラーハウンドの鉤爪を手に入れることなので、今回は諦めてそのまま歩みを進めることにした。……といっても森はそこまで広くなかったので、あっという間に抜けてしまったのだけれども。

森を抜けた先にあったのは、見渡す限りの平原だった。その平原の至る所に半球……いや、円錐に近い形の巨大な穴が空いており、その奥にうちの邸よりも低い山がぽつんと一つあった。グランデダンジョンだ。

その入り口はこちらを威嚇するかのように大きく開いており、あたかも中に踏み入る者を飲み込んでいるのではないかという錯覚を起こさせた。

「わぁ……、これがグランデダンジョン？」

巨大な穴を迂回し、ようやく辿り着いたダンジョンを前にして、口をあんぐりと開けながら言う私にリオンが頷く。

「そうだ。思ったよりこじんまりしているだろ？　だが下に続いているから見た目よりもはるかに巨大だ。百聞は一見に如かず、中に入るとしよう」

そう言ってリオンが中に入っていく。どうやら彼は『習うより慣れよ』派らしい。私も断然そっち派なので、お預けを食うことなく入れるのは実にありがたい。よって一も二もなくリオンのあとに続いた。

ダンジョンの中は天然の洞窟のようになっていて、自然そのままといったつくりだ。陽射しが入らない分ひやっとしているものの、埃やかび臭さといったものは感じられない。

現在私たちがいる場所は、大人五人が立ち回っても問題ないくらい広い空間で、リオンの話だとそんな空間が一階だけでも五つはあるらしい。

「ここ一階層の敵は魔法に非常に弱い。魔法が使えるなら突っ立っているだけでもいいんだが、とりあえず魔法で対処するのが無難だろう。ただ、群れる習性があるからそこだけは気を付けろ」

「はい！」

リオンの言葉に力強く頷くと、彼が一瞬眉を顰めた。どうしたというのだろう。

「威勢がいいのは結構だが、張り切って怪我をするなよ？　意外と耳にする話だからな」

「うん、肝に銘じておくよ」

「そうしてくれ」

そんな話をしながら、何もない最初の空間——冒険者は部屋と呼んでいるらしい——をあとにする。すると、一本の通路に出た。人と人が辛うじてすれ違えるくらいの狭い道だ。

その通路を通って次の部屋に行くと、部屋の隅にいた一匹の黒くて小さい生き物がこちらにてて、と走ってきた。その寸足らずな足で走る姿はなんとも可愛らしい。思わず「なんて可愛いの！」と叫びたくなったぐらいだ。だが——

「気を付けろ！　タウフェルラッテだ！」

リオンの言葉に目を瞬かせる。

「え？　そうなの？　ただの鼠《ねずみ》かと思った」

「違う、れっきとした魔物だ。一匹が獲物を見つけると、どこからともなく仲間がやってきて、寄ってたかって噛みつき獲物を食い殺す。まあ、お前なら大丈夫だと思うが」

「へぇ……」

なるほど、これがタウフェルラッテか。初めて見たわ。

タウフェルラッテと言えば、リオンの説明にもあった通り魔法に弱いのが特徴だ。正確には魔力、か。この魔物は自身の命の源が魔力だというのに、ほかの種族が持つ魔力に触れると瞬時に消滅してしまう。言い換えれば、この魔物の犠牲者は魔力を持たざる者だということだ。私なら大丈夫だとリオンが言ったのは、私が魔法を放てる、とここに来る途中に話したからだと思われる。

そもそも魔物は、ダンジョンの最奥で湧水の如くこんこんと湧き出る魔力が、ダンジョン内に溜まることによって生み出される。どういった仕組みで魔物に姿を変えるのかはいまだに解明されていないけれど、魔力が多い場所で生み出されるのは確かだ。タウフェルラッテも例外ではない。

ただ、タウフェルラッテはほかの魔物とは違い、スタンピードを起こすことはない。それは、スタンピードの仕組みを知ればすぐに納得がいくだろう。

魔物のスタンピードは、魔力がダンジョン内に溜まりすぎたことにより発生する。魔力があれば当然魔物は増える。その量が異常な程多かったら？　……まあ、馬鹿みたいに魔物が増えるわね。

そのひしめく程増殖した魔物が、許容量ぎりぎりまでダンジョン内の魔力を吸収し、これ以上居続けると逆に命にかかわると本能的に察知して我先にと出口を目指す。だが、そこで消滅してくれればよいものを、魔物は外に出たあとも暴れまくる。その増殖兼暴動行動こそがスタンピードだ。

この国の国母ならば知っておかなくてはならない事柄だから、お妃教育では真っ先に教えられたのよね。それはもういろいろと詳しく……。

それはともかく。以上のことから百年に一度起こると言われている魔物のスタンピードにタウフェルラッテが参加することはない。ひしめく程増殖した魔物に必然的に触れることになるもの。外に出る前に消滅してしまうわ。

なんてつらつらと魔物の情報を記憶の底から引っ張り出していたら、一匹だったタウフェルラッテが数匹に増えていた。これはさっさと蹴散らした方がよさそうだ。

さっそく魔力を操ると、『かまいたち』と呼ばれるつむじ風を発生させ、タウフェルラッテ——面倒なので鼠と呼ぼう——に向かって放つ。すると風が鼠に触れた途端、しゅうっと黒い靄《もや》のようなものを放出し、鼠の体そのものがこの場から掻き消えた。

……ふむ。魔法に込められた魔力でも消滅してしまうと解釈していいのかな？

そんなことを考えながら鼠の消えた辺りを眺めていると、突如後ろからリオンの罵声が飛んできた。

「あ！　馬鹿、お前っ‼」

「え？」

何事かと思って顔を上げれば、私の放った風が思っていたよりも強力だったようで、壁の方に向かって飛んでいくのが目に入った。

……あ、やばい。

対応する暇《いとま》もあらばこそ、まずいと認識した時には風が壁を大きく抉っていた。同時に、物凄い轟音と抉られた破片がこちらに飛んでくる。それを慌てて防御壁で防いだ。

――ガラガラ……。

壁の均衡が崩れ、石と土が崩れ落ちる。それにより砂や粉塵が舞って視界を遮ったが、やがてそれも収まり辺りは一気に静かになった。

視界が開け、私の風で抉られてしまった壁を見て、たらりと冷や汗を流す。

……あー……。ちょっとやりすぎちゃった、かも……。

「こら！　手加減ぐらいしろっ！　俺を生き埋めにする気か!!」

……おかしいな。私の中では手加減していたつもりだったんだけど……。

とはいえ、実際に事は起きてしまっているので、とりあえず謝罪をする。

「ごめん、手加減が足りなかったみたい」

「ったく……なんともなかったからいいものの、次は気を付けろよ？」

「うん」

よかった。初回だったからか、今回はちょっとした注意で済まされた。

次はもっと注意をしようと気を取り直し、一階のほかの部屋にも行ってみる。けれどめぼしいものは何もなく、一階にいる魔物はすべてタウフェルラッテ鼠《ちゃん》だけだった。

一階の探索を終え、最奥にある階段を下りて次の階に行く。

階段を下りた先にあったのは、先程と変わらない部屋だった。リオンの話によれば、下の階に行くにつれて部屋数が増えるのだとか。だとしたら、全体で何部屋あるのだろう。さっそく計算を試みる。が、計算しようにもこのダンジョンが何階層か思い出せない。少し気になったのでリオンに聞いてみた。

「ねえ、リオン。グランデダンジョンは何階層になっているの？」

「二十五階層だ。ほかのダンジョンに比べると少ないな」

「へぇ、なら単純に一部屋ずつ増えていくとして……うーん、最低でも四百……二十五部屋？」

頭の中で黙々と計算していたら一応答えらしき数字が出てきた。でも、合っているかどうかはわからない。

「知らねぇ。お前がそう計算したんならそうなんじゃないのか？　ってかよく計算したな。俺ならやらんわ」

「うん、僕ももう二度と好奇心に負けて計算なんかしない」

我ながら変な労力をかけてしまったが、一日で回れないのはよくわかった。ただ、言う程無駄でもなかったと思う。大まかな部屋数を知ることができたのだから。まあ、そう何度もしたくはないけれど。

私はリオンの言葉に苦笑しながら返事をし、次の部屋に向かった。

長い通路を経て次の部屋に入ろうと入り口に近づく。すると、中から「グルルル……」と獣の威嚇するような声が複数聞こえてきた。

その声に目をぱちりと瞬かせ、無言でリオンの方に顔を向ければ、それに気付いたのかリオンもこちらに顔を向ける。そして、私の疑問に答えるかのようにリオンが声を発した。

「この階にいるのはダークファングだな。タウフェルラッテのように群れで襲いかかってくる。連係攻撃が得意だから十二分に気を付けろよ」

「うん、わかった。ならその連係を崩してしまえばあとは簡単だよね？」

「は？」

リオンがこちらに戸惑うような表情を向けてきたが、それを無視して部屋の入り口まで行くと即座に魔力を操作する。

……えっと、さっきは加減を間違えたからもう少し弱めて……。このくらいかな？

魔力の加減に留意しつつ瞬時に炎を生み出して、ダークファング目がけてさっと放つ。すると炎はダークファングたちの周りを囲むように走り、円を描いた。そこにとどめの炎をダークファングたちの頭上に投げ入れる。直後ダークファングは燃え上がり、断末魔と思しき声を上げて動かなくなった。残ったのは黒く変色した物体のみだ。

「……っ！」

その物体を見て、私は倒した喜びではなく罪悪感に囚われた。心持ち体が震えているのがわかる。消滅したタウフェルラッテとは違い、今回ははっきりとダークファングの死骸がある。いくら魔物だとしても、初めて動物を殺したことに変わりない。魔物だと割りきって戦闘するのを楽しみにしていたのに、やはり実戦とはうまくいかないものだ。

いまだに耳に残るダークファングの断末魔の声を極力思い出さないようにしながら、おもむろにリオンの方を向く。するとそこには、険しい表情のリオンの姿があった。それを見た瞬間、肩がびくりと上がり、動揺していた気持ちがあっという間に霧散した。

「おまっ……なんで火なんか使うんだよ！　生き埋めの次は窒息死かっ!!　俺だけじゃなくお前も道連れになるがいいんだなっ!?」

「むぅ……」

……また怒られた。

とりあえず風を生み出すと、それを操って新鮮な空気を上の階から取り込み、この部屋の空気と入れ替える。それを終えると、再び襲ってきた罪悪感を隠すように、少しばかりの不平を口にした。

「もう、リオンってば注文多すぎ……」

「お前が考えなしだからだろうが!!」

……人生とはままならないもののようだ。…………うそ、ちょっと盛りすぎた。そんな大仰なものではない。

ともかく、次の部屋からは風を使ってダークファングを囲うようにし、仕上げに氷漬けにして対処することにした。氷を使うので多少気温は下がるものの、窒息することもなければ、生き埋めになる心配もない。使う魔力だって微々たるものだし、コツさえ掴んでしまえば、ぱぱっと倒せる。

そうして何回かそれを繰り返し、わずかに心に余裕ができた。

すると今度は、先程からリオンが全く戦っていないことに気付いた。

彼が戦ったのは一度だけ。私が魔物と戦っている最中に少しひやっとした場面があり、助けてもらったその時のみ。あとはずっと端の方で私が戦っているのを見ている。それは、私の戦闘スタイルを見ているのか、はたまた私の力量をはかっているのか……。

彼の真意がわからず疑問に思ったが、だからといって「どうして戦わないの？」と面と向かって聞くのは何故か憚られた。それに聞いても答えてくれるとは限らないし。そのため、不思議に思いながらも私一人で魔物を倒していった。

地下二階の階段を下り、三階層の最初の部屋に着くと、ざっと辺りを見回す。ここは先程までとは違い、空気が少し重く感じられる。

「リオン、ここの階……」

「空気が変わったのがわかったようだな。ここにお目当ての魔物がいるぞ」

「本当っ⁉」

リオンの言葉に、やっと到着したかと両手を胸の上のあたりでぱんっと合わせて喜びをあらわにしそうになったが、いかにも女性的な仕種だと気付き、ぐっと堪えた。そのため、胸の上らへんに持ってこようとした手はぎゅっと握って別のポーズに変える。

そんな私の行為が子供らしく映ったのか、リオンは笑みを浮かべてこちらを見ていた。私はそれにあえて気付かぬ振りをして話を続ける。

「キラーハウンドって確か素早………は⁉」

私がキラーハウンドの特徴を述べようと思った矢先、私の鼻先を黒い何かがすっと掠めていった。

慌ててのけぞって防御の構えをとる。

「なっ、なんでここにいるのっ⁉　次の部屋からでしょうよ‼　……あ」

今まで階段を下りた最初の部屋に魔物はいなかったし、リオンもそういうものだと言っていた。

それなのに、今私たちの目の前には、私が狙っていると思われる魔物がいる。しかもこちらを攻撃して。

私は驚きのあまり素で叫んでしまい、慌てて口を噤んだ。

けれど、リオンはそれには気付かなかったようで、困惑と思しき表情を浮かべながら私が予想していたのとは違う言葉を口にする。

「わからない。普通は階段を下りた最初の部屋にはいないんだが……」

「な、なら例外ってことにして、さっそくこれ倒しちゃおう！　いいよね？　ねっ⁉」

先程の素の叫びを無意識に隠そうとしたのか、混乱しているのか、焦りなのか、自分でもよくわからない、いつもとは違うテンションでリオンに尋ねる。

するとリオンはなんとも言えない――若干引き気味の目でこちらを見つつも、私の問いに答えてくれた。

「あ、ああ……。そのためにここに来たんだからそれはもちろん構わないが……」

「ありがとう。それじゃ全力で行かせてもらうね！」

「……は？」

リオンの許可を受け、謎のテンションが別のものへと変わっていく。それがなんなのか、今ならよくわかる。高揚感だ。それとほんの少しの喜び。先程まで魔物を倒してうじうじとしていたのに、それが薄れるにつれてわくわくしてくるのだから、私という人物はなんとも単純なものだ。

……ああ、私もれっきとしたお母様の娘だわ。

そう思いながら口の両端をぐいっと上げて、にやりと笑う。

今の私は、目の前の魔物が先程の魔物よりも素早くて魔法が当たりにくい相手だというのに、それを前にして心が躍っている。辺境伯家《クルネール》の血は伊達ではないようだ。ただ、あまりにもわくわくしてしまい、自分を制御しきれるかいささか心配である。でもまあ、そこはご愛敬だ。だって初めてのダンジョンだもの。

……では遠慮なく行かせていただきますか！

気合いを入れると即座に魔力を操作し、自分の両手足の周りに風を纏わせる。手の方はもちろん殴るためで、足は俊敏さを上げるためのもの。これでキラーハウンドの素早さに対抗できるだろう。

そうして俊敏性を高めた足で思いきり地面を蹴り、瞬時にキラーハウンドの懐に入る。風の効果は覿面《てきめん》で、私の動きはキラーハウンドと遜色《そんしょく》ない……いや、それ以上の素早さとなった。

その予想以上の速さに内心で驚く。

というのも、この風の魔法は私のオリジナルで、今日が実戦初だからだ。

いつか冒険者としてダンジョンに行けるようになったら魔物相手に苦戦しないように、とかねてより魔物の特徴などを頭に叩き込み、対処法を考えてきた。その中で頭を悩ませたのがキラーハウンドの素早さだ。その解決法を数日悩み抜き、苦心して編み出したのがこの魔法だ。

ちなみに、この魔法が完成するや、嬉々としてこの新しい魔法を使ってみたくなった。でも、いきなり人に試すのはどうかと悩んだすえ、公爵邸の奥の方にある木で試してみることにした。結果は……人に試さなくてよかったと心底思った、とだけ言っておこう。

ともあれ。上半身を捻りつつ握り締めた拳を後ろに引いて力を溜める。そして思いきりキラーハウンドを殴り付け――

……あ、しまった。手加減忘れた……。

対敵を目にして興奮した所為か、日頃の緊張感がすっかりどこかに吹っ飛んでいたらしい。殴った感触でそれを思い出し、数秒程茫然とした。

だが即我に返り、恐る恐るキラーハウンドに目を向ける。キラーハウンドの頭だった場所には何もなく、元から『ヘッドレスハウンド』だったのではないかと思われるような姿になっていた。だが、この魔物はキラーハウンドで間違いない。

ということは、当然のことながら『ヘッドレス』分の代償、というものが存在するわけで……。

――びしゃぁっ!!

「うぎゃあぁぁっ!?」

「うっ！　お前、考えて殴れ！」

ドォン！　と倒れ込むキラーハウンドに目もくれず一目散にその場を離れ、ダダダと部屋を駆け回る。だって――

「きゃー‼　血！　血ぃっ‼　やだ、気持ち悪い！　酷い臭い！　鼻がもげるー‼」

「女みたいにぴーぴー喚くな！　自業自得だ！」

防ごうともしなかったから全身に返り血を浴びてしまい、しかもその臭いが酷いのなんの……。

慌てて臭いを取ろうとその場を駆け回るも、その甲斐むなしく努力は徒労に終わった。

そんな私に追い討ちをかけるかのようにリオンの叱責が飛んできた。返り血のほとんどを私が引き受けたとはいえ、リオンにもいくらかかかっていたので彼の怒りはもっともだ。それはまあそうなのだが、ただちょっと……立腹した彼は怖かった。


「ごめんなさい。もう我を忘れません。ですから許してください」

あのあと、私は魔法で水を出すと頭からかぶった。リオンにも伺いを立てて水をかけ、仕上げに火と風をうまく操って温風を生み出し、それを当てて服を乾かした。

そのおかげか、服に付いた血は完全には落としきれなかったものの、あの酷い臭いだけはなんとかなった……ように思う。鼻が臭いに慣れたのか、しみついた臭いがある程度抜けたのかはわからないが、鼻がもげそうな臭いはなくなった。

そうなると今度はリオンのお説教の時間だ。「血が毒だったらどうするんだ」とか、「落ちなかったらこのまま悪臭を放って帰るはめになっていたんだぞ」とか、それはもう耳が痛いくらいいろいろと言われた。

せっかく楽しく戦おうと思っていたのにこれでは戦意喪失だ。

だが、私がそんなふうに思っているなんて知るはずもないリオンの勢いは止まらない。反省の色を見せて謝罪をし、すっかりしょげ込んだ様子を見せてもなお、リオンのお説教は続いた。

それからしばらくして。

ようやくリオンのお説教から解放された私は、酷くげんなりとしていた。この短時間にごりごりと精神が削られた気分だ。もっとも見方を変えればそれ程の説教が可能だということだから、まことにリオン、侮り難し。……少し離れていいかしら？

冗談はさておき、そろそろ本格的に依頼をこなさねば。

「ねえ、リオン。あのキラーハウンドの鉤爪は傷がなさそうだから、あれを持ち帰ろうよ！」

お説教される原因となったキラーハウンドを示しながら、私はリオンに提案を持ちかける。

キラーハウンドは頭を吹っ飛ばしたことにより絶命していた。そのため、頭以外は無傷だ。

リオンも私の意見に賛成のようで、力強く頷く。

「そうだな。あまり褒められた倒し方じゃなかったが、結果的には良かったたな。ナイフはあるか？」

「あー、ないや」

「ならこれを貸してやる」

そう言ってリオンが懐から短剣を取り出して、こちらに放り投げてきた。

短剣は放物線を描きながら少し離れた私の方に飛んでくる。それを両手で受けとめた。

「ありがとう、助かったよ」

リオンにお礼を言いながら手元の短剣を見る。長さは、少し短めのダガーといったところか。鞘には貴族が好みそうな模様があしらわれてあるが、全体的に見れば簡素な作りだ。ここ最近作ったものではなく、だいぶ年季が入っているように見える。拵《こしら》えだけでも高価そうだ。

柄に手をかけて鞘からダガーをすっと引き抜く。一分の刃こぼれもない程に磨かれた刀身が姿を現した。見事だ。

やはりリオンは貴族で間違いないだろう。ダガーのことはもちろん、歩いていても、立っていても姿勢が綺麗であり、またほかの所作についても洗練されているように見受けられる。

でもリオンに関してそれ以上調べる気はない。私だって調べられたら非常に困るもの。それにここに来るまでの間、リオンに暗黙の了解というものについて教えてもらったから、余計にどうこうするつもりはなかった。なんでも、ギルドにはいろんな事情を抱えてやってくる人が多いから、他人の詮索をしてはいけないんだって。でもそれってまさに私のことよね。

「どうした？」

「あ……ううん。見事だなぁって見惚れていただけ」

いけない。つい思考が逸れてしまった。でも、見事だと思っていたのは事実だから嘘は吐いていない。

「そういえばお前、帯剣していたんだっけ。ちゃんと扱えるのか？　魔法しか使っていなかっただろう？」

「ああ、まあ剣も使うことは使うよ。ただ、戦闘になると魔法の方がやりやすいから魔法中心になるってだけで」

そこまで言うと倒れているキラーハウンドのところに行って、作業を始める。短剣は見た目だけでなく、ちゃんとした業物だった。おかげで作業がとても楽だ。

「ほぅ、魔騎士の素質がありそうだな」

「素質があっても絶対になれないんだけどね……」

……だって私は殿下の婚約者だもの……。なりたくても反対されるに決まっている。

「どういう意味だ？」

「……」

答える気はさらさらなかった……というか答えたら正体がばれてしまうため、無言のまま作業を続けた。

「取れた！　まずは一つ目～」

数分もかからずに一つ目の鉤爪を採取し、二つ目の採取にとりかかる。

鉤爪は思っていたよりも重みがあって、黒い色をしていた。光が当たると反射するくらい表面が滑らかで、まるでヘマタイトのようだ。

依頼主はこの鉤爪を宝石のように加工するつもりなのだろうか？　それとも、何かの薬の材料にするのだろうか？　疑問に思いリオンに尋ねてみたけれど、残念ながらリオンもわからないようだった。

それから黙々と作業すること十五分余り。

キラーハウンドの鉤爪三つと、ギルドで売れそうないくつかの素材を手に入れた。キラーハウンドの鉤爪は私が採取したのだけれど、ほかの素材はリオンにも手伝ってもらっている。

それらを鞄に入れて、出口へと向かう。

私としてはもう少しダンジョンの中を見て回りたかったのだが、依頼の品物は既に入手している。

それに、ここに用がないのに居続けるわけにもいかず、時間も差し迫っていたことから泣く泣く諦めた。次に来た時は更に奥に行こうと決意したのは言うまでもない。

そうこうしているうちに出口に着き、躊躇うことなく外に出る。

「ふー。外に到着ーっ！　楽しかったー！」

外に出て開口一番に発したのはその言葉だった。

別にダンジョンが嫌だったとかではないのだが、戦うにしろ探索にしろ、やはり外の方が開放感があっていい。

そう思いながら手を頭上に上げてそのままぐぐっと伸ばし、適度に緊張した腕や背中の筋肉を解《ほぐ》す。すると私の後ろを歩いていたリオンが、背伸びしている私の隣までやってきた。

「ああ、途中どうなるかと思ったが、よく頑張ったな」

そう言うなりリオンが私の頭に手を乗せ、軽くぽんぽんと叩く。その彼の行動に、私ははにかむ……どころかイラッとした。

お兄様や従兄のハルト兄様なら、昔から頭を撫でられていることもあり気にならないのだが、リオンにされると子供扱いされている感が物凄い。しかも、今日初めて彼と会ったのだ。馴れ馴れしいにも程がある。

――ぺしっ！

私は神速かと思うくらいの素早さで、頭に乗せられたリオンの手をはたき落とすと、勢いよく顔を横に向けてキッと彼を睨み付けた。

「子供扱いするな！」

すると私の言葉にリオンが目を丸くし、一呼吸程置いてくつくつと笑い出した。

「くく、悪い、悪い。つい」

「もう！　次やったら怒るからね！」

「既に怒ってんじゃねーか……って、あ、おい待てって！」

呆れた目でこちらを見てくるリオンを無視して王都に向かってずんずん歩き出すと、リオンが慌てたような声を発した。けれど、構わずに歩みを進める。どうせすぐに追いついてくるだろう。

案の定リオンは私に追いつき、隣に並んで歩き始めた。それを横目に見た私は、ずっと怒っているのも建設的ではないと判断し、矛を納めて彼とギルドに戻ったのだった。


「おかえりなさーい！　初めての依頼はいかがでしたか？　リオンさんが一緒だったから大丈夫だとは思いますが、怪我などしていませんか？」

ギルドに戻った私たちは満面の笑みのギーゼラに迎えられた。多少なりとも私たちのことを気にかけていてくれたようだ。

とりあえず笑みを浮かべてカウンターに行き、挨拶をする。

「ただいま戻りました、ギーゼラさん。心配してくださってありがとうございます。おかげさまでどこも怪我していませんよ」

「それはよかったです。では依頼の品を確認させていただきますので、こちらに置いてください。ほかにも素材をお持ちでしたらそれも一緒に鑑定します」

ギーゼラに言われてカウンターに依頼品であるキラーハウンドの鉤爪とほかの素材を置く。

「……はい、キラーハウンドの鉤爪三つ、どれも状態は良好ですね。あとの品は買い取りになりますが……あら？」

真剣な顔つきで素材を見ていたギーゼラが、途端に不思議そうな表情をして小首を傾げた。いったいどうしたのだろうか？

「あの、何か問題でも？」

「あっ、違います。そうじゃなくて、キラーハウンドの牙はないんだなと思って」

その言葉に目をぱちりと瞬かせたあと、ついっと視線を逸らす。覚えがありまくりで気まずくなったからだ。

「あー……その……」

「こいつが魔法で頭を消し去って採れなかったんだよ」

「!?」

「まあ、そうだったんですか。ルディ君は意外と苛烈なのね」

「ちょっとリオン！」

リオンに抗議の目を向ければ、「どうせすぐにばれるだろうが。その様子じゃ適当な言い訳すら見つかってないんだろ？」と言い返されてしまった。彼の言葉が図星だったため、ぐうの音もでない……。でもやはり癪だったので、しばらく口をきいてやるものかと決意してふいと顔を背けた。そんな私をギーゼラが『可愛いな』とでも言わんばかりの顔で見ているのが、横目に見える。悔しい。みんなして私を子供扱いする……。そりゃあ、初めての依頼を終えたばかりのひよっこではあるけれども……。

「それで、素材はいくらで買い取ってくれるんだ？」

このままでは埒《らち》が明かないと思ったのか、リオンがギーゼラに問いかけた。

「えっと、そうですね……状態もいいですし、報酬と合わせてこのくらいでいかがですか？」

ギーゼラがチャリチャリと金属音を立ててカウンターの下の方から何かを取り出すと、カウンターの上にすっと置いた。銀硬貨だ。その数六枚。

「銀貨六枚か。まあ、妥当だな。ほらよ、ルディ。今日のお前の稼ぎだ」

リオンはカウンターの上の銀硬貨をすべて手に取ると、もう片方の手で私の右手を取り、その手のひらに全硬貨を乗せた。私はそれに驚き、硬貨を持つ手とリオンの顔を交互に見る。

「え？　リオンの分……」

「俺はいいんだよ。今日は付き添いだったし、お前が倒した獲物だからな。それで新しい服を買え」

「で、でも……」

リオンは受け取れと言うが、助けてもらっておきながらすべて自分の稼ぎにするのは躊躇われる。だから否定的な言葉を紡いだのだが、そんな私をよそにリオンは私の肩に手を置いて、にかっと笑った。

「こういう時は何も言わずにありがたく受け取っとけ」

その笑みに、彼が一歩も引く気がないと悟った私は、素直に「うん」と頷いて報酬を受け取った。

「さて、そろそろ帰るか」

「帰る？」

報酬を鞄にしまいながら、リオンの言葉をオウム返しに口にする。私が帰るのはもちろんだけれど、リオンも私と同じなのかしら？

「ん？　ああ……宿に、な」

なんだかリオンの歯切れが悪い。何かをごまかしているようだ。けれど私は、「ふぅん」と一言だけ言って、それ以突っ込むことはしなかった。

「ギーゼラさん。今日はどうもありがとうございました！」

「はーい。気を付けて帰ってね」

すぐ側にいたギーゼラにぺこりとお辞儀をしたあと、リオンとともに外に出る。

外はもうだいぶ日が傾いてきており、少し肌寒い。あと半刻もしないうちに世界は黄金《こがね》色に包まれ、寒さがよりいっそう増すだろう。

ゆえにギルドに入る前に脱いだローブを鞄の中から取り出し、さっと羽織った。更にフードを被って顔を隠す。こうすることで道行く人は皆私を避けてくれる。

でも、目立つかと言えばそうでもない（と自分では思っている）。暗めのローブだからか怪しいからか、理由はどうあれ皆無視してくれるため、お忍びで買い物をする時とかに重宝している。

「お前、もしかして来る時もその格好で来たのか？」

リオンが私を上から下まで見るとそう聞いてきた。まあ、怪しいから仕方がないか。

「うん、そうだけど？」

「ああ、まあ……その方がいいのかもな……」

「？」

『その格好はない』とか『もっと違う格好の方がいいんじゃないか？』とか言われると思ったのだけれど、リオンは何故か肯定してきた。キラーハウンドの血の臭いでも残っているのだろうか？

疑問には思ったものの、そろそろお迎えの馬車が来ている頃だろうと思い、尋ねるのはやめておいた。

その代わりというわけではないが、リオンの顔をしっかり見て礼を述べる。

「今日はありがとう、リオン」

私がそう言うと、リオンはなんのことかわからなかったようで首を傾げた。

「……ダンジョンを案内したことか？」

その言葉に首を横に振る。確かにその意味もあるけれど、私が真に言いたいのはそのことではない。

「ううん、僕が今日初めて魔物を倒して、それに衝撃を受けていたことに気付いたんでしょう？

君が怒ったり、怒ったり、怒ったり……怒ってばっかりだね。とにかく、僕の気を逸らしてくれたおかげで、僕は余計なことを考えずに魔物を倒すことができた。むしろ楽しく倒せたと言ってもいい。まあ、まだ魔物を倒すのは罪悪感があるし怖いけど、今日たくさんの魔物を倒してだいぶ薄れた気がする。きっとあと何回かダンジョンに籠れば慣れると思う」

「いや、慣れなくていい。慣れてしまったら慢心して自分はおろか仲間まで危険に曝す恐れがあるからな。怖いなら怖いで構わない。ただ、むやみやたらに怖がるな。正しく怖がれ」

リオンの言葉は思ってもいなかったものでかなり驚いた。

……怖いなら怖いでいいんだ……。

そう思うと少しだけ気持ちが楽になった気がした。自然と笑みがこぼれる。

「……うんっ！　ありがとう。それであの、今日のお礼がしたいんだけど……」

「ふっ、子供《ガキ》がいらん気を回すんじゃねぇよ」

それを聞いて目を丸くする。

本当に感謝していて、だからこそお礼がしたいと思って言ったのに、それを一笑に付したばかりかさらっと子供扱いするとは！

「僕は子供じゃない!!」

「ははは、なら出世払いで頼む。今日は楽しかったぜ、じゃあな！」

リオンはさっと私から離れると、片手を上げて颯爽と去っていった。なんだかんだ言って悪い人ではなかった……かな。

「……さて、と。僕……私も帰りましょう」

リオンの姿が見えなくなるまで見送ったあと、私は近くの通りで待っているだろう馬車のもとへと向かい、帰宅したのだった。

番外編

青年は見た！
（リオンの独白）

生贄の代役を押し付けられたルディが変装した姿を披露すると言うので、俺はイェル村村長邸の応接室に来ていた。

そこで彼を待つこと数分。突如廊下から声が聞こえてきたかと思うと、彼が姿を現した。

そしてその姿を見た瞬間、俺の時は止まった。

……目の前の人は誰だ？

知っているのに知らない。亜麻色の髪も、白い肌も、儚げな表情も、誘うような香りも、その蠱惑的な姿態も、まるで淑女のような完璧な所作も。

あんなにつり上がっていた目は、気のせいだったのではないかというくらいに垂れ下がっており、伏し目がちだった目がこちらを向けば、紫水晶のような澄んだ輝きと視線がぶつかった。

ルディがわずかに首を傾げてにこりと微笑む。直後俺の時が動き出して、怯えているわけではないのに無意識に肩がびくりと跳ねた。

彼は完璧だった。今まで出会ったどの女性よりも整った容姿で美しい。あたかも精巧な人形ではないかと疑いたくなるが、一度動き出すと途端に人へと姿を変える。

そして人に姿を変えると今度は艶めかしくなった。中に何を詰めたのか、本物のように胸が揺れている。なんでそこまでこだわるんだよ。そう思いつつも気付かれないうちにそっと視線を逸らしておいた。


……ってなんで今、その記憶を思い出したかな……。

繰り広げられている光景を目にしながら、俺は小さく息を吐く。

確かに今のルディは美しいし、周りの者たちは皆幸せそうに昏倒しているけれども、ほかにも考えることはあったはずだ。なにせ恐ろしい事態は今なお続いているのだから。

そう、この場は阿鼻叫喚、地獄絵図と化していた。

事の発端は、檻から出されたルディが一瞬のうちに賊をぽーんと投げたことだ。それにより賊がルディの仕業とは気付かずに「魔術師がいるぞ！」と辺りを警戒し始めたのだ。そしてそれをよいことにルディが「きゃ……怖い、魔法？」なんて殊更に怯えた態度をとるものだから、お前がそれを言うのか、とつい笑ってしまいそうになった。もっとも、すんでのところで堪えたが。

一方、すべてを見ていた敵の魔術師が首をぶんぶんと左右に振って仲間に真実を知らせようとしていた。が、ルディが一瞥した途端にぴたりとおとなしくなった。まるで蛇ににらまれた蛙のように。

それからはルディの独壇場だった。

彼の演技にすっかり騙された男どもが、ルディによって赤子の手をひねるように次々と吹っ飛ばされていく。しかし彼の実力に気付いた時にはあとの祭りだ。襲いくる賊をルディが軽やかに捌いていく。その姿たるや妖精が舞を舞っているかのように美しい。されど実際はそんな幻想的なものではなく、地獄のような悲惨な光景だ。

なにしろあの『何も重いものが持てませんよ？』と言わんばかりの、今にも消えてしまいそうな儚げな美少女が急に豹変し、満面の笑みで男どもを倒しまくっているのだから。

彼は手足に纏った風を利用して相手から剣を奪うと、これまた最高の笑みで斬りかかっていった。

その戦況は目を覆いたくなるくらい一方的だ。つい相手に同情したくなる。

ただし、そこはルディ。相手に容赦などいっさいしない。

敵はあの可憐な見た目に惑わされてつい油断をしてしまうのだろう。だが中身はルディだ。大胆に動き回り、更に困惑した者たちを躊躇いなく斬り捨てていく。恐ろしい。実に恐ろしい。ルディ無双だ。一騎当千、勝ち残るのは彼以外にありえない！

なんて現実逃避している間にルディは、圧倒的な力の前に恐れ戦き、物陰に隠れてしまった者までご丁寧に探し出して斬っていった。もう始末に負えない。

「みーつけたっ！」

可愛らしい声とは裏腹に、彼の行なっている作業はえげつない。

俺は彼のその姿を見て、ルディに女装をさせてはいけないし、ころころと鈴を転がすような可愛らしい声に惑わされてもいけない、と身をもって知った。家訓として末代まで語り継ぎたいと思う……。

それはさておき、一頻り暴れたルディは、俺が引き止める間もなく足取り軽やかに残党狩りに出ていった。

一瞬、ルディ一人で大丈夫だろうかと思ったのだが、彼は嬉々として出ていったので恐らく問題ないだろう。むしろ相手側の心配をしてあげた方がよさそうだ。それを証拠に少し離れた場所からドーンと地響きとともに轟音が聞こえてくる。

……マジでやべぇ。めちゃくちゃ暴れてるわ、あいつ。

俺は女神像の前で賊の無事を祈った。ルディは祈らなくとも無事だ、たぶん。

その甲斐あってかしばらく経った頃、ルディが賊の頭と思われる者を引き連れて……いや、ずりずりと引き摺って戻ってきた。いくら身体強化をしているからとはいえ、どこにそんな力があるんだよ。

とりあえずルディと手分けして賊を片っ端から牢の中に放り込む。それが終わると、ルディが手に付いた汚れを落とすようにパンパンと叩いて、すっきりした表情で祭壇前に佇んだ。その光景に息を呑む。

新月のために月光が届かず、天井に空いた穴からは無数の星が顔を覗かせていた。その星の光がわずかに射し込む祭壇には、儚げな美少女が佇んでいる。

彼女はこともあろうか俺の前に来ると、そこら辺の令嬢よりも綺麗な所作で淑女の礼をしてきた。そして『俺を惑わす』と言って、口元に手を添えながらくすくすと可愛らしく笑う。その仕種は女性そのものだ。それに加えて、わずかに首を傾げて愛らしく俺を見るものだから『イケナイ扉』を開けてしまいそうになる。

ルディは可愛らしい笑みを浮かべたまま更にこちらに近づき、俺の顔を下から覗き込んだ。すぐさま至近距離にあるルディの肩を掴みぐっと引き離す。これ以上は本気でやばい。

内心焦っているとその気持ちを汲み取ってくれたのか、はたまた満足したのか。ルディが俺をからかうのをやめて、残りの作業を始めた。そのため俺も彼と一緒に作業に入る。

そうして賊たちの入った檻を押していると、村の自警団員たちがやってきた。

彼らは当初、ルディが変装していると気付かなかったらしい。知らない令嬢がいると皆驚き、中にはありえないくらいの美少女だと興奮する者や、ちらちらと彼の姿を窺う者、更には目の色を変えて狙っている者までいた。しかし残念だったな。そいつは男《ルディ》だ。

ルディ自身もそんな男たちをからかっているのかにっこり微笑むと、ドレスを軽く摘まみながら優雅に歩いた。……楽しそうだな。

とりあえず誤解を解くために少女がルディであると周知すると、彼らは途端に目に見えてわかる程落胆し、その日は皆一様に死んでいた。もっとも、諦めきれない様子の者もいたが、あのルディのことだ。大事にはならないだろう。

こうして作戦は見事成功した。いや、むしろこれで成功しない方がおかしいわ。

まあ実際、ルディを生贄役に据えれば勝率は上がるだろうと予想はしていた。この作戦だってかなりの確率でうまくいくと講じた策だ。失敗するはずがない。

だが、ルディは予想以上の動きを見せて俺を戦慄《わなな》かせた。まして、二十人近くいた賊をルディがすべて一人で片づけたことに畏怖の念を抱かずにはいられない。賊は決して弱くはなかったのに……。

この日のことは一生忘れないだろう。俺はいろんな意味で二度とルディに女装はさせまいと心の中で固く誓った。

キャラクター設定集

「ただいまー！
ストレス発散、愉しかった！」

ノーマルver.

マルティナ・レラ・レーネ

性別 女

年齢 17歳

身長 165cm

主義・願望
武人を見ると相手が強いか否か見てしまう（はっきり言えば脳筋）。

好き 恋愛小説と戦闘

嫌い 細かい作業

男装ver.
（ルディ）

「まさか。
ただの冒険者ですよ」

月の妖精ver.

「わたくし、意趣返しを
兼ねてあなたを惑わせて
みようかと思い立ち
ましたのよ？」

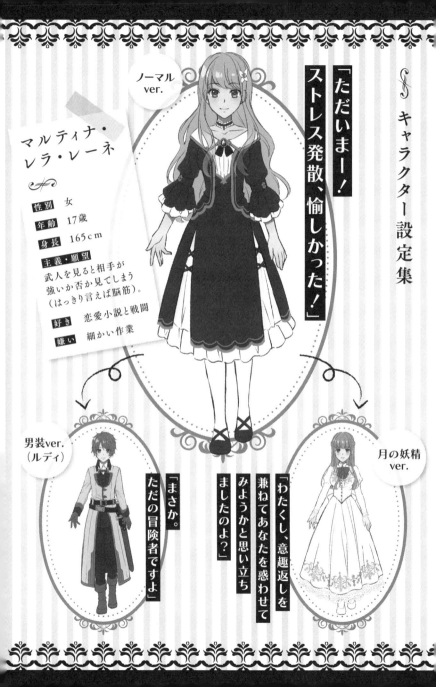

イルマ・ジルブレヒト

性別　女　年齢　23歳
身長　166cm
主義・願望　マルティナ第一主義
好き
マルティナとマルティナを美しく着飾ること
嫌い　王太子殿下

「私はティナ様の侍女ですので、ティナ様以外の人のために能力を発揮するつもりはございません」

「俺とパーティーを組まないか？」

リオン

性別　男　年齢　22歳
身長　178cm
主義・願望
仲間内でわいわいしている方がいい。相棒のルディは戦闘面において少々危なっかしいので戦闘時は常に見守りたい。
好き　体を動かすこと
嫌い　内務のような事務作業

あとがき

初めまして。たつきめいこと申します。この度は「自棄を起こした公爵令嬢は姿を晦まし自由を楽しむ」をお手に取っていただきありがとうございます。

実を申しますと書籍化はもとより、小説を書くのすら初めてで、書籍化のお話をいただいた時には上を下への大騒ぎでした。なにせ小説を書く際の決まり事を勉強する、という考えすらないまま「小説家になろう」様にて本作を書き始めた人間です。三十万文字程書いてようやく少しは見られるものになったかな、と感じるようになったのに（それでもまだまだスタート地点ですが）、まして初期の文章など目も当てられません。それはもう書籍用に大幅に全体の文を変更いたしました。変更前に比べるとそれなりに良くなっているのではないか、と主観的にですが思います。

ともあれ今回書籍化に当たり、毎日が驚きの連続でした。書籍化と聞いてもぴんと来ず、作業といっても文章の手直しのほかに書き下ろしを認めるくらいだと考えていたからです。しかし実際はキャラの外見を事細かに設定したり、部屋の様子を考えたりと思ってもいなかった作業が多々あって、その度に頭をフル回転させ、懸命に想像いたしました。いえ、むしろ創造かもしれません。

本文をご覧いただけたのならおわかりだと思いますが、私はキャラの容貌や髪色しかつぶさに記しておりませんでした。体形などはほとんどノーマークだったのです。

それはもう、焦りました。マルティナの髪の特徴は「父親譲りのゆるく波打つプラチナブロンド」と記述しておりますが、長さは？　髪型は？　と聞かれたらお手上げです。尋ねられてから初めてキャラと向き合って、あれこれと細かな設定を考えた気がいたします。それでも、マルティナやリオンはほかのキャラよりも詳しい設定にしていたため、なんとかなりました。

　しかし主役級の二人はそれでいいとしても、ほかにも下支えのキャラたちが待っています。あちこちから髪型などの資料を探し出し、文にしてイラストレーターの仁藤さまにお伝えする。主役の二人以上に考えることが多いその作業に大いに手間取り、最後には暴挙に出ました。主役級以外のキャラの外見や部屋の間取りなどを自分で描き、資料として提出したのです（※私は小説を執筆しております）。ですが、そこはプロのイラストレーター様。私のガタガタとした線からでも情報を読み取ってくださり、そのうえでアレンジし、昇華してくださいました。中でも魔術師ヴェルフの服装は、何度も意見のすり合わせをしたこともあり、感慨深いものがございます。その思いは、昇華された完成絵を拝見して更に増しました。

　とはいえ、どの絵も素晴らしいことに変わりありません。マルティナノーマルバージョンの立ち絵を拝見した際には大興奮して「かーわーいーいー！」と叫びそうになりましたし、ルディの立ち絵を拝見した際には、担当の方に「本文をこのルディに寄せたいです！」と我儘を申し上げましたから。結果、ルディの服装の記述はだいぶ具体的になりました。

　そんなさまざまなエピソードが積み重なり、気付けば第一巻の発売です。それは偏に、この本の制作に携わってくださったイラストレーターの仁藤あかねさま、担当のYさま、Oさま、TOブックスの皆さま、そして読者の皆々さまのおかげでございます。そのすべての方々に、月並みな言葉で恐縮ですが、心からの謝辞を申し上げたいと存じます。まことにありがとうございました。

自棄《ヤケ》を起こした公爵令嬢は姿を晦《くら》まし自由を楽しむ @COMIC

漫画：小田山るすけ

原作：たつきめいこ

キャラクター原案：仁藤あかね

TOブックス

それじゃ 行きますか

お楽しみに！
ニコニコ静画にてWEB掲載予定
連載開始
をお待ち下さい！

漫画の続きは、
2021年秋

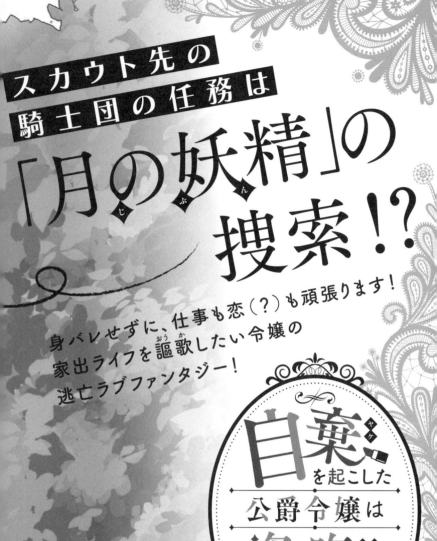

わたくし
目立ち
すぎ？
たつきめいこ
meiko tatsuki
《イラスト》
仁藤あかね
akane nitou
2021年第2巻発売！

自棄を起こした公爵令嬢は姿を晦まし自由を楽しむ

2021年7月1日　第1刷発行

著　者　たつきめいこ

発行者　本田武市

発行所　TOブックス
〒150-0002
東京都渋谷区渋谷三丁目1番1号　PMO渋谷Ⅱ　11階
TEL 0120-933-772(営業フリーダイヤル)
FAX 050-3156-0508

印刷・製本　中央精版印刷株式会社

ISBN978-4-86699-232-7

Printed in Japan